尹岩 著

印度 心 之 旅

菩提树下
太阳雨

中国青年出版社

图书在版编目（CIP）数据

菩提树下太阳雨：印度心之旅 / 尹岩著 . -- 3 版 .
-- 北京：中国青年出版社 , 2017.2

ISBN 978-7-5153-5031-8

Ⅰ . ①菩… Ⅱ . ①尹… Ⅲ . ①游记—作品集—中国—当代 Ⅳ . ① I267.4

中国版本图书馆 CIP 数据核字 (2017) 第 323290 号

菩提树下太阳雨：印度心之旅

作　　者：尹　岩
图片摄影：尹　岩
责任编辑：吕　娜　王超群

出版发行：中国青年出版社
经　　销：新华书店
印　　刷：北京富诚彩色印刷有限公司
开　　本：710×1000　1/16 开
版　　次：2018 年 2 月北京第 3 版　　2018 年 6 月北京第 2 次印刷
印　　张：15.5
字　　数：220 千字
定　　价：59.00
中国青年出版社　网址：www.cyp.com.cn
地址：北京市东城区东四 12 条 21 号
电话：010-57350346（编辑部）；010-57350370（门市）

本图书如有印装质量问题,请凭购书发票与质检部门联系调换　联系电话: (010)57350337

平静从我开始……

在阅读中疗愈·在疗愈中成长
READING & HEALING & GROWING

给最爱的天使

笛笛　箫箫　磬磬

目录

序

每次谈起印度，总有人肯定地询问：印度很穷、很脏、很乱吧？即使在印度旅行，与异国的游行侠交谈时，这类感慨也比比皆是。但是，那不是我心目中的印度，也不是打动我的印度。

我心中的印度是泰戈尔笔下完美的温馨，大卫·里恩影片里的暮色沉金，印度文明中滋润生命的慈霖。带着对印度的超然想象与向往，我启程。

整个旅途，我经历的是与旅游者相似的行程，但，庆幸的是，我的印度之行起始于瑞诗凯诗圣镇。正是在这里，我一天一天奇妙地变化着，久违的天性，久违的愉悦又重新回归，瑞诗凯诗的太阳雨洗涤了我常年的都市滞埃，生命的美好、万物的轻盈开始在身体中流动。这里的陶醉让我在整个旅途中带着欢欣的感动，体会眼前的所见所闻，使我脱离了世俗的表象感触，遥望和感受那尘埃之上的光明和生命。

其实，我们每一次旅行都是带着一个心结的。我们在异乡寻找的也是与这个心结相呼应的人、物、景。印度之行对我来说是一场心灵之旅。我寻求的是在这个有着浑厚气场的陌生国度获得心灵上的一些启迪，或者帮助我用另一种眼光看世界，用另一种思维看生活。印度之行圆了我的心愿。

如果你问我，印度是否穷、脏、乱，我可以回答你：完全是的。但是，我要讲述的不是这些，因为，这真的不是印度最本质的东西，也不是我们所最要在意的。

我这里奉献给你们的，不是我回国后处心积虑的文字。展现在这里的，是我印度之行中的意识流。我的笔没有撰写，我的笔只是将我沐浴在阳光下的思绪记录下来，这些文字仅属于我 2003 年 4 月的那 21 天。

尹岩

2004 年 4 月　北京家中

再版序

　　2003 年 4 月，带着心中的念诵，带着寻求"我是谁?""我的幸福是什么"的渴望，我走进印度。21 天后，我带着十万字，千幅图片，满满的生命之光的种子回到中国。

　　这十万字和上千幅图片组成我人生中的第一本书——《菩提树下太阳雨》。

　　14 年，光阴如白驹过隙。我仍然记得在这个恒河边的圣镇上，在简简单单的每日瑜伽习练中，我是如何一天天被唤醒；我的心目是如何被一道道阳光渐渐沐浴；我仍然记得那些突然而至的创作灵感给我带来的惊喜；那些在太阳雨中回荡的和声唱诵激发的强烈感动。这些不需要推理的快乐，这些不需要经营和努力的享受，就在身躯简单有序的活动中，在不知不觉中，无求地将自己交付给自然的生命，放下所有处心积虑的瞬间之后，翩然而至了。

一生中，有某个冥冥时刻，让你陷入一场裂变；一生中，有某个冥冥时刻，让你遭遇激情和感动；一生中，有某个冥冥时刻，注定要校正你，回归本来的生命轨迹。2003年的印度之行于我，便是这个冥冥时刻，它在时空中的无限延伸，让这一刻化成片片永恒，渗透在我后来日复一日的生命中。《菩提树下太阳雨》真实地记录了这个懵懵懂懂感知生命苏醒的一个个美妙瞬间。

《菩提树下太阳雨》的第一个字是从第三天的瑜伽课程之后开始的。在经过两天的与钢筋水泥般僵紧的身体"搏斗"后，第三天的瑜伽课堂却成为里程碑嵌入了人生。"肩倒立式"中，瑜伽师默瀚温柔而坚决地纠正的瞬间，我生理地感到"啪"的一下子心门开了，一种愉悦从心底涌出，整个人欢欣向上。随后的"挺尸式"中，有一个瞬间，大脑中不起一丝涟漪，如月光下的海滩，群山环抱中的湖水。脑子里没有任何人，没有任何语言，没有任何文字，没有那些自从有了记忆以后所能够产生的任何细小概念，都没有。直到现在，我可以让自己获得平静，但却再没有能够重温我当初感受到的那个静。那种静，虚渺，无限。它是一种绝对的美好。我几乎相信那是上天送给我的一个体验。

从那一刻起，我仿佛蜕茧化蝶。寂静中生机勃勃，无为中充满创造力，阳光在身边荡漾，心在光芒中融化，心中充满喜乐。《菩提树下太阳雨》的文字就是在那个当下的自己，坐在温暖的空气中，俯视眼前发生的一切，心中荡起思绪，再从笔尖下飘散。

从《菩提树下太阳雨》至今，人生发生了很大变化，做了很多事，但也错过一些；见过很多人，大部分都擦肩而过；读了一些书，却更向往智慧如海。经常，在某个凌晨或深夜，面对那个抖落尘埃的自己，恍惚间有生命轮回、不增不减的幻觉。我无法得知这种感觉是不是生命给我的馈赠，我只知道，唯有这样的时刻，才有机会清晰地看见自己，自在并喜悦。

2003年印度之行让我走上一条新的生命之路。在这条路上，我遇到许多印度大德，他们如师如父般教诲我，并以他们的仁慈、包容，指引我在这个时代的瑜伽之路上不离经纬地前行；在这条路上，我亲近上师得以亲近佛法，让我遥望到日常生活之上的生命的庄严；在这条路上，我聆听先生儒释道先哲智慧，让我洞悟天道不是遥不可及，而是人人皆可尧舜。

感恩瑜伽，给予我与更高智慧的连结，打开生命的通道，得以先祖之智慧，明白外在事功，内在明德，止于至善，得以佛陀的沐浴，明白生命之广袤与圆满。

感恩在这条路上遇到的每一个人，因为你们，悠季瑜伽和我本人"苟日新，日日新，又日新"，去腐存真，还原生命。

尹岩

2017年9月4日　北京家中

我要追逐金鹿。
你也许会讪笑，我的朋友，
但是我追求那逃避我的幻象。
我翻山越谷，我游遍许多无名的土地，
因为我要追逐金鹿。
我心中无牵无挂；我把一切所有都撇在后面。
我翻山越谷，我游遍许多无名的土地，
因为我在——追逐金鹿。

——泰戈尔

引言

印度，很久以来就是我的一个梦呓。

它是醉红如醇，唇目微启的女人的脸；

它是沉蓝如墨，波光粼粼的恒河上的一道月光；

它是色彩斑斓，人声鼎沸的集市；

它是枯叶轻移，万籁俱静的天边寺庭；

它是轻纱薄雾，强烈阳光下舞跃的尘埃；

它是突兀暴烈，与心呼应的太阳雨滴；

它更是倒卧在荒丛中那一尊尊如痴如醉的欢爱雕像；

还有，无垠的天空下那一炬穿进你的心的目光。

1988 年观看大卫·里恩的《印度之行》后，再没有重温这部影片，电影中的故事早已随着岁月淡出，那些种族与种族，殖民者与崇拜者，大英帝国与印度文明的恩恩怨怨，已在空气中消融。唯有英国女人不由自主的迷失和觉悟，那句"印度使你面对自己"的台词依然在脑海中挥之不去。整部电影化作片片色彩和画面，成为我唯一一个永恒的情结，乃至后来，留学了，工作了，旅行了，生活了……仍然留在记忆里，萦绕不散。在这十几年里，我游历了世界很多地方，只有印度，我珍藏着，不敢去碰，冥冥中我把它捧起，等待那一刻。

　　终于，2003 年初，我不可抑制地向往印度了。我想寻找到一片平静，我想了解什么才是自己可称谓的幸福。职场的忘我奋斗，情场的悉心呵护，似乎都只有外人看上去的肯定。晚上对镜自望，静止的脸上，线条是明确的、浅浅的悲哀。我知道在喧嚣的人声中，我的心不可阻止地在自闭。所有的机体在昼夜不停地消化着，消化着我的不适。我的生活只有日常，没有了方式，我的爱情只有理解，没有了愉悦。天晓得自己的一切努力为什么只带来了事与愿违。我需要远行，到一个天边的地方，一个能让我的思想变成彻底的"裸体"，以最自然的状态去接受宇宙的启示的地方。我想到一个纯粹的环境，学习净化思维，闭关自省。我想在一切重新打造之前，知道自己到底是谁，找到接近幸福的一种方式。于是，带着强烈的功利思想，带着满腹梳解不通的心结，我上路了。

我去印度了

　　两年前在中国青年出版社出版的《追求》杂志上读到过一篇印度游记。文章描述了一个恒河岸边的静修中心，作者下榻在一个终日阳光灿烂的客房，恒河水就在窗下流淌。静修中心里全是一袭白衣的印度人，他们终日席地而坐，咏诵经文。静修中心有专门的冥想课，来自各地的人跟随那里的高僧日出而习，日落而寝。从凌晨五时起，开始闭目静坐，习练观察自己的呼吸，强迫自己的注意力集中在身体的一点，学习内观。于是，在生理的不懈挣扎中，忽然有一天，闭目静坐不再是熬煎而是享受，享受久违的自己从心底浮上来，享受思维的平静清晰……

　　我开始寻找这篇文章。终于，《追求》杂志的编辑朋友把这篇文章传过来。文章提及的地点——琶摩特·萘克檀（PARMATH NIKETAN）静修中心，在恒河上游的瑞诗凯诗（Rishikesh）圣镇。我想象这个静修中心一定是在一个渺无人烟、与世隔绝之地。这就是我印度之行的唯一目的地。

我的旅程必须是一个自由的旅程，但我也知道，我是不可能有三个月的时间奢侈地漫游天际的。接到这份传真是一个周三的下午。当时刚刚与原同事告别十天，自己的传媒公司正在成立中，第一个项目即将上线。如果下周不能启程，印度之行将只会是一场空梦。可是从网上只查得出只言片语，印度在哪儿？瑞诗凯诗在哪儿？怎么到达那里？必须找到最准确的途径才能将目的达成。以往旅游的经验是出发前到出发地的驻外旅游办事处咨询，于是周四下午我来到印度驻华使馆。

"我要去印度旅行，想了解一些情况。"

窗口中的一个印度人公事公办地说："请到大堂等候。"

大堂很暗。一个印度女人和一个中国人在聊天。中国人转向我，"有什么事吗？"

"我要去印度旅行，想了解一些情况。"

"那你应该找她，"她指指身边的印度女人，"她是印度一家旅行社的总经理。"

"我叫瑞姹。"

瑞姹是个非常爽快的印度女人。她说着一口极其流利的中国话。后来才知道她曾经在复旦大学读书，并将在中国大有作为。

"你的旅游计划是什么？"

"我没有旅游计划，就是要做冥想，到瑞诗凯诗。"

"那里离新德里开车有一天的路程。"

"能安排一辆车在机场接我，直接送我到瑞诗凯诗吗？"

"可以。"

"去印度怎么走？有直飞吗？"

"每周一北京到新德里东航直飞，7000 元左右。"

我的心跳起来。走进印度使馆不到十分钟，神秘的、遥不可及的、毫无头绪的印度之行已从天上掉到我的眼前。30 分钟后，机票、印度接待等事宜全部落实，梦呓 11 年的印度情结终于在不期料中，推到眼前。我去印度了！

踏上印度

　　经过五个小时在北京机场的候机，八个小时的飞行加转机等候，十个小时的汽车长途，暮色中，我来到了瑞诗凯诗琶摩特·蔡克檀静修中心！坐在琶摩特·蔡克檀静修中心禅房的窗前，我卸下所有的行装。

　　我是凌晨到达新德里的。新德里的机场让我联想起 20 世纪 90 年代的银川机场。冷清，过时，严肃。因为是早晨，机场里没有任何旅客，只有从中国东方航空公司下来的旅客，一共九人。机场海关以礼相待，出关也很简单。不到 30 分钟，我已经站在海关出口了。出口处，一个高高的男子举着我的名字站在那儿，后来知道他叫阿里。

　　走出机场，一种拥挤的气氛扑面而来。车水马龙，熙熙攘攘。太阳已经高高挂在空中，如正午的烈炎。我带着快感脱掉牛仔外套绑在胯上，抖擞着跟着导游向前走，心里充满兴奋和期待。我的专车是一辆 TATA

牌汽车，与国内的奥拓如孪生般，后来我发现，印度街上 80% 的轿车是 TATA，50% 的 TATA 是"奥拓"。车的驾驶座设在右方，看得出英国殖民的痕迹。

早上八时的德里街道和北京的街道一样拥挤。60% 是汽车，30% 是摩托车，10% 是牛，没有我们城里的自行车。只要带轱辘的都热衷于按喇叭，坐在低低的"奥拓"车厢里，感到所有窗边的烈炎和灰尘都是被喇叭声掀起来的。阳光非常强烈，白炽炽的光线下，看到的是漆黑的眉目，深红的面色，鲜亮的衣服和严肃的神情。整个城市像座活火山，不动声色、按部就班地鼎沸着。

新德里是一座新城。笔直的林荫大道，交接处耸立着各种名目的纪念碑。我看到上中学时就知道的圣雄甘地雕塑，目光深邃地扫视着所有经过他面前的车流。一个庞大的圆形围墙出现在视野中，阿里告诉我，这是著名的皇宫——红堡。"你现在要参观吗？""不，谢谢。我要直接去瑞诗凯诗。"阿里没有去过瑞诗凯诗，他认为我途经新德里不下车是不合逻辑的，一路上与我反复核实，直到我们彻底出城。

我望着喧闹的车外，被阳光和灰尘呛着，出机场时的兴奋随着尘埃起起落落。"奥拓"开上了印度公路。这是只有两个车道的土路。一般来讲，车还是在左侧行驶的，偶尔会有巨大的 TATA 卡车逆行逼到你的车前。我的司机一副处变不惊的样子，好像这已经是家常便饭了。村野在骄阳下显出一片升腾的土色，黄房，黄地，黄牛。偶尔跳出的亮色不是湛蓝色的百事可乐广告墙就是炫目的红色可口可乐广告墙，沿线持续不断地出现。曾经向往的印度是尘埃在阳光下熠熠发光的。坐在车里，每分每秒都在感叹这永远不落的灰尘。整个道路、建筑、人群、牲畜、水果摊都被罩得灰头土脸，只有路边一棵棵盘根错节、硕大的参天古树，时时能提醒你尘埃后的文明。

新德里距瑞诗凯诗只有 200 公里。但由于路况很差，车最快也只开到时速 40 公里。沿路经过了无数的村庄小镇。阿里的英文带着很重的印度口音。他热情地给我介绍瑜伽文化，但凭借他对瑞诗凯诗的一无所知，我彻底放弃从他那里获得启蒙。临近下午五时，太阳仍是高高的。一条大河出现在眼前。河中心一尊巨大的彩塑神像将河流切出漩涡。阿里告诉我，这就是哈瑞沃尔城 (Hardiwar)，眼前的河流就是著名的圣河恒河。哈瑞沃尔是印度教七大圣城之一。世界最大的宗教节日"大壶节"每 12 年在这里举行一次，节日期间，成千上万的瑜伽修习者、苦行僧来到这里，举行洗浴仪式，并进行宗教讨论，唱颂神明。圣镇瑞诗凯诗就在离这里 30 公里远的地方。

隔河望去，一排排高低不一的红色楼房，街道上仍是一天以来的喧嚣。河边有很多人，水里也是。阿里说他们在洗浴。一架大桥连接着我们这条路。我从心底不希望进入这座城市，好在车沿着土路一直向前挪了。

车开进一个弯道，一条溪流出现在眼前。穿过溪流上的小桥，眼前突然出现一片树林，遮天蔽日，阳光被打成斑点碎落在小路上，一片寂静，几乎是在一秒钟内，就进入了另一个世界。我的心随着车行驶悠然起来。树林慢慢地延伸着，越过了河，我们开进一片峡谷。沿着恒河择路而行，丛丛树林，拐到一个黄黄的、窄窄的山路口，路标——瑞诗凯诗。

想象中的冥想中心，郁郁葱葱，蛙鼓虫鸣，僧人漫步，客房溢香，神秘，静谧，出世，谁想到却是一头扎进了一个二级城市的疗养院，一点不像神明圣地。很多普通印度人走来走去，或坐在花园长椅上边聊天，边悠闲地打量着从眼前经过的行人。中心内倒是有连环的花园和各种楼宇，现代式，印度式，主花园也美丽讲究。花园直通恒河边的码头，那里每晚举行瑞诗凯诗最著名的晚课。在接待处，我要求入住一个临河的房间，接待我的僧人诧异地望了我一眼，把刚刚递过来的钥匙收回去，

换了一把，"这是朝河的房间，你准备住多久？""没有定，至少一星期。"

接待处的墙上贴的只有瑜伽体式课程，没有任何冥想课。每天上午七时，下午4时共两节。我曾在北京做过一次瑜伽体式课，印象很不好。在封闭的健身室里与老师精疲力尽地做体操，很郁闷的感觉。再说，我也丝毫看不到瑜伽体式与我的内观的联系。我找到舒巴奇，他是一位会说英语的僧人，在前台工作，非常友好、开朗。我告诉他，我对瑜伽不感兴趣，来这里只是为了做冥想。舒巴奇解释说："冥想是一个很高级的瑜伽习练课程。在进入冥想之前，学员需要做体式（Asanas）和呼吸控制（Pranayama），然后，才可以做冥想。体式习练做得好的人，可以长期保持一个姿势，不会有任何不适。然后，呼吸控制可以帮助呼吸和大脑互相配合，呼吸快，大脑运行快，呼吸慢，大脑运行减慢，然后，会变得安静、平和。这就是为什么呼吸控制对冥想至关重要。经过习练体式和呼吸控制后，可以很容易进入冥想习练。你还是先从体式做起吧。"我绝望地听着。天晓得我到这儿做什么来了！

天色已晚，我走到饭堂，才知道是与年轻弟子共餐。他们刚刚从晚课回来，都是 5 到 15 岁的男孩子，身着袈裟，头发后边撅起，像命根子一般。饭碗是用叶子编成的，我被分了一个盘子，两个小碗，外加斗胆要的匙子。大家席地排行而坐，有值勤的弟子开始拎着大桶的水、丝瓜咖喱稀饭、饼反复送餐。

晚饭后，百无聊赖。手机自从踏上印度后就再没有信号，我与以前的世界完全隔绝了。换上睡衣，望向窗外，星星点点的灯光在远处闪烁，只听得见恒河的水声。

我的印度之行会发生什么呢？

我的冥想之行能实现吗？

就着恒河的水声，进入了我在印度的第一夜。

初识瑞诗凯诗

耳边传来诵经声。我模糊地爬起。才5点20分。

影片《印度之行》中，印度是神秘莫测的，恒河是暗藏杀机的。我仍记得影片中寺院那场戏的青色光影。枯叶沙沙，扫过沉寂的寺庭，万籁俱静，月光婆娑。一轮明月，被一双手捧碎，在水波中晃动。透过院墙的窗槛，一条大河，在万丈山崖下流淌，深不可测。窗槛前，印度人告诉英国妇人，这就是印度的圣河——恒河，经常会有死尸被扔进河内，以求超生。英国妇人不由自主地说："好可怕的河啊！"又赶忙改口："多么神奇的河。"深深的恒河死一般静谧，一声沉没，又一个灵魂随波流去……

带着影片的记忆，我走到河边。恒河仍在黑暗中低吟。这条被重彩描绘的圣河就在我的眼底，伸手可触，没有想象中神明与大自然的威慑，反而如山野的溪流，安静，平和，家常。慢慢地，天空泛出青色，身后的码头上开始有人走动。他们一声不语，一步步向水中挪去。每挪一步，都将手臂举过头顶，嘴里念念有词。人越来越多，天渐渐亮起来，孩子们也来了。他们哆嗦着，在冰冷的河水中打闹。河中心有一塑神像，问旁边的人得知，那就是著名的雪山神女像，也是恒河女神。

恒河在印度语中叫 GANGA，是喜马拉雅山雪山神女的名字。相传雪山神女是印度宇宙之神湿婆的妻子萨蒂的再生。为了获得湿婆的青睐，她在喜马拉雅山苦修 3000 年，终于感动湿婆，结成良缘，成为恒河女神。加逾陀国王萨拉加的第二个妻子生了六万个孩子，因为这六万个孩子飞扬跋扈，遭到天神惩罚，全被化成灰烬。萨拉加的孙子为了救叔叔们，放弃王位，孤身来到喜马拉雅山，艰苦修行。他的心意感动了湿婆和雪山神女。于是，雪山神女从天上引来恒河之水，当恒河降临喜马拉雅山时，湿婆用头顶住滔滔奔流的圣水，圣水在他的长绵发髻蜿蜒缠绕，卸去了无比冲力。水流过六万个孩子的骨灰，释放了被神惩罚的灵魂。恒河的神话也在印度的生活中强烈地演绎着。这条流经天、人、冥三界的

圣河，所经之处能够洗净人间罪污，升华灵魂。虔诚的印度教徒，冀望一生当中至少能到恒河沐浴一次，如同回教徒企盼到麦加朝圣一般。对于他们来说，清晨，伴着日出，在圣河里洗浴，是一天最美好的开始。傍晚，伴着日落，在恒河边吟诵，是一天最美好的结束。在印度，恒河两岸缀满了朝圣的城镇。其中包括印度教的七大圣城，上游以哈瑞沃尔（Hardiwar）闻名，下游以瓦拉纳西（Varanasi）闻名。

瑞诗凯诗地处在一个大峡谷里，是印度著名的朝圣镇。恒河从中穿流而过，将圣镇切为两半。这里是恒河的上游，河水清澈凉爽。小镇分为两部分，左岸，右岸，由一架大铁桥连起。街镇，寺院，静修中心等林林总总沿河岸分布。离恒河最近的庙宇恒加特里就在镇上。

喜马拉雅山是大神湿婆的故乡，也是大神湿婆的修行之地。作为圣

山的喜马拉雅山，每年都会迎接来自各地的信徒朝圣。大神湿婆是印度教中的至高神之一，与大梵天和毗湿奴形成三联神，被视为集创造、护持和毁灭三种职能于一身之神，又被视为苦行之神、舞蹈之神。湿婆是创造力的象征，是表示生殖能力的男性生殖器林伽，在印度受到极大崇拜。阿马尔纳特山洞（Amarnath Cave）是很多印度人朝圣的目的地。它位于喜马拉雅山 3900 多米的高处，据说每年夏天山洞中会出现一个状似林伽的冰柱，而且，还会随着月亮的阴晴圆缺变化。

　　由于瑞诗凯诗坐落在喜马拉雅山脚下，所有进行圣山朝圣之旅的人们都从瑞诗凯诗启程。一年四季，上百万的印度人举家来到这里，利用假期完成精神修行。所以仅五万人口的瑞诗凯诗镇上，居住着上千的圣者，坐落着近百座静修中心，并拥有"世界瑜伽静修中心之都"的称号。

很多印度著名的圣人、智者都来此领经讲学。因此，这也就吸引了更多的人慕名而来。静修中心往往是由高等阶层资助，实行免费捐献制，没有固定的收费，每人临走前力所能及即可。在这里，人们每天跟随圣者念经，聆听智者讲经。静修中心的高僧是选定的，当任者选择一个幼童，从小带大直至生死交替之时。教主不能结婚、生子，也不能行房事，他们一般根据所属静修中心的地位，在社会上具有高低不同的政治地位。在印度电视新闻中，经常能够看到著名教主的社会活动，报道力度不亚于国家官员。每个静修中心还为来访者安排咨询，人们可以在约定的时间里请智者指点迷津，请教生活中的问题。我的栖身之地——芭摩特·萘克檀静修中心是瑞诗凯诗著名的静修中心。每年三月举行的国际瑜伽节是瑞诗凯诗最大的瑜伽盛事，来自世界各地的瑜伽师或瑜伽爱好者到这里进修，接受培训。芭摩特·萘克檀静修中心还因高僧及其创办的儿童教育基金会而闻名，很多信徒将孩子送到这里学习。这里的服务像瑞诗凯诗所有的静修中心一样，免费提供住房、饮食和瑜伽课程，住的时间随意，只是入住时需要告诉前台你的计划。

瑞诗凯诗也名扬整个西方嬉皮世界，不是因为它的静修中心，而是因为披头士乐队整个 20 世纪 60 年代在这里的精神寻觅。60 年代，披头士乐队追随他们的精神导师玛哈瑞诗·玛哈士大师（Maharishi Mahesh Yogi）来到这里，在几年的时间里，玛哈瑞诗·玛哈士大师在瑞诗凯诗建立的静修中心成为他们的精神之所。

沿河岸是一条商业街。白天的小镇非常热闹，走不完的印度商铺、餐馆，路中间是占了一半路面的牛，晃来晃去。我开始慢慢地接触到本地人、外国寻梦者。嬉皮文化堕落的感叹在这里得到共鸣。这里的西方面孔很多是眼神恍惚、衣衫褴褛、潦倒之极，介于呆滞和脱俗之间，他们的印度之行都是少则三个月多则几年。菲尔是我真正交谈了的一个美

洲人，已在地球上游荡了两年，从欧洲到亚洲。不知是否曾是胸怀大志的人，总之，现在已是眼神飘忽不定。一个法国小伙子，说话底气丧尽，赤足走在街上，腰裹一条破布，身披一件从未洗过的圆领衫。

慢慢地，总算开始有正常人出现在眼前。坐在网吧 Blue Hills Travels 对面的餐厅里，面前两个意大利女人隔着中间的男人喋喋不休。左边是一个棕发的亚洲男孩，眉目清秀，神色安静。我差点就因为与西方流亡病人同伍，而大大否定了自己的瑞诗凯诗之行。

瑞诗凯诗所有居民都是素食者，这里的餐馆也清一色是素食。昨天晚上在静修中心用过餐后，还是说服自己有一次经历就够了，利用机会品尝当地真正的美味还是更值得。餐厅的素食看着很香。RATI 是类似煎饼包着蔬菜的饭。薄薄的脆饼裹着土豆居多的各种蔬菜、豆子、西红柿等，散发着香料的味道。我第一次发现素食的美味。邻桌上的几份菜看看上去也令人胃口大开。记下菜名，我准备一一吃过来。千万不要有印度女人纱丽下的肥胃就好！饱餐的费用50卢比（8元人民币）。

小镇有很多布店，里面有成衣，有布匹。我的箱子里只带了一套便装，往返飞行穿的，还有一件中式绣衣，一条 Kenzo 印彩丝巾和两双中式绣花布鞋，作旅行时装扮之用。其余的行头准备在印度解决。我相信，在这里肯定能找到物美价廉的装扮。围巾是旅途最好用的行头，可以用来时尚，也可以用来适应天气。我在旅行中从来不怠慢行头，因为每次旅行都是我生命中的经典记录。布店里所有的成衣都高高地悬挂着。女人的纱丽对旅途中的我来说太隆重，我看中了男人的装扮。印度街上的大部分印度男人都穿一种过漆长衫，长袖，开领，套头，腿上是一条免裆裤，松松的到脚颈处用松紧带缩进去。这种衣服是用一种漂白布做的，透气，不沾土，在强烈的阳光下，非常醒目洁净。衣服每套200卢比，相当于人民币32元。我买了五套，成为我印度之行的基本行头。布店里还有很多彩布，有的印满经文，有的是很多神像，有的是表示天地大和的OM图案。我选中了一块粉色的纱丽，有荷花图案，250卢比（40元），一块是橙黄细布，100卢比（16元），几条OM、神像、经文图案各异的围巾。在街后找到一家裁缝店，一个黑黑低低的五平方米的屋子，里面有四个男人在裁衣，拿出刚买的布，定做两套印度服装，300卢比（48元）的手工，两天后取。

傍晚散步，沿着河岸无目的闲行，小路到了尽头，恒河在这里拐弯前行，形成一片水湾，平地突然由卵石变成了细腻的白沙。一个近似天堂的吉地出现在眼前。几棵大树伫立在一块圆地上，猴子们快乐地跳来跳去。圆地中间有口圆井，一个印度汉子在洗浴，旁边是不安分地喝水的猴子。圆地尽头是一座小屋，小得像看门人的家，有五个智者模样的男人围坐着聊天。这个地方正处河流湾处，刚好是闹市中的一片净土。背后据说是当初披头士的寻觅之路，但小镇上没有对披头士了解的人群。连一点披头士的纪念品也没有，更不要提音乐。

飘荡着牛粪味道的恒河岸边的歌声是每晚河岸码头的晚课。芭摩特·萘克檀高僧带着黄色袈裟的弟子们悠扬地吟诵他们的先知与神祇。带着冥想目的而来的我，曾很功利地希望印度之行能够帮助我摆脱生活中的迷失，但闲逛在这个小镇上，生活似乎简简单单地流过来，带着它的轻松。我的心开始松绑了。

芭摩特·萘克檀静修中心里工作的美国女孩说，一周后我会感到自己的改变。瑞诗凯诗真会创造奇迹吗？

默瀚和瑜伽

　　在一片花园旁的大房子里，就是瑜伽课堂。到的时候，已经有几个外国人在那儿。老师还没到。卡门，美国金发美女，曾身处纽约时尚圈，现已在此地驻留六个月。她身着一袭白衣，目光平和，语气舒缓，眼睛清澈、浅蓝。她上午与印度老师习练，下午为来宾授课。莫妮是个在加拿大生长的印度女人，她爱上了她的瑜伽老师，留下来，但是，爱情没能如愿，人却留在芭摩特·萘克檀静修中心，为芭摩特·萘克檀的学童教英语。罗贝托是个意大利人，年方26，曾是厨师，自己有一个设计公司，人很诚恳，只是偶尔恍惚的眼神让你想起罗马的狂欢。索菲亚，一个温柔的澳大利亚女孩，近30岁的样子，她望向你的时候会让你想起很久以前在国内疯演的巴西电视剧中的卡卡。她是带着严重的脊椎病来到印度的，现在是她来到这里的第三个月，她一直住在芭摩特·蔡克檀习练瑜伽。她说自己已是健康人了。我置身在这些非常规的人群里，担心着冥想之行是否会落空。

我们各自拿了墙边堆放的毡子，铺好，坐在上面等着开始。七点，门开了，一个个子不高的印度年轻男人慢慢走进教室。他一身白衣，手里拿着卷起的习毯，径直走到台上，铺毯，盘坐，握指，闭目。"Close your eyes."（闭上双眼），瑜伽课开始了。

老师默瀚，一个沉静迷人的印度人，均匀的褐色皮肤，细腻发光，眼睛定、静、美，讲着一口动听且温柔的英语，他在课上专注、执着的态度与我对印度人的想象完全吻合。

我听不太懂默瀚的动作要求，左顾右盼，仓皇地效仿别人。身体硬得像块名副其实的石头。默瀚在学生中轻步挪动着，纠正我们的姿势。一个平举双腿俯首够膝盖的动作太困难，我几乎不能把腿抬离地面。默瀚走过来，轻轻扶住我的双腿，顶住他的胸，一点一点往上提。然后，继续固定我的姿势，几秒钟后，挪开。我竟然保持住这个姿势。而这时已与地面成60°角。真是奇妙，一点点的努力和提携，竟然让你发现自己从不相信的潜质。我开始兴奋起来。

与默瀚练瑜伽和在北京的感受完全不同。默瀚好像是瑜伽的一部分，他身上似乎带着气场，罩着你，使你安然地跟随他努力着。他在那里，习练演绎成一种愉悦。他的指导温柔、果断，让你每时每刻都对自己有新的认识。而大汗淋漓后的放松更是让你体会到释然的快乐。我对瑜伽有了新的看法。

　　下课后，向默瀚请教瑜伽真谛。本等着"明心见性，领悟真我与实相"等哲学性辞令，默瀚却白话地聊道："瑜伽是一种生活之道。瑜伽教你如何生活，平和地，幸福地。瑜伽可以引领我们更接近自然，接近真实，当我们接近自然、接近真实时，我们可以开始以不同的眼光观望身边事物，你会觉得任何事情与你是一体的，一切都来源于同一能量，与你拥有的相同，你便具有平等概念，你会尊重万物。看到狗，你会想到它与你拥有同样的能量，而不会马上视它为低级生物，你就会尊重它的喜怒哀乐。在你的日常生活中，你会坦然处世，平和待人。"

　　"那么我们现在练的具体帮助在哪儿呢？"

　　"通过体位练习和呼吸练习帮助你恢复平衡，有效地控制你的大脑和身体。人经常被自己大脑的幻觉驾驭，并生活在很多错误的希望和幻想中，在激情和冲动下犯下一个个错误。我们练习的就是做你自己的主人，而不是让大脑支配你。"

　　大脑不就是我吗？我一脸茫然。默瀚继续走他的路了。我决定找真正的理论书启蒙瑜伽常识。到小镇上的书店翻出几本瑜伽书，回到房间研读起来。

　　在一本再版了11次的瑜伽书中，解释道：瑜伽起源于印度教，它原是印度教的一个流派。瑜伽派主张靠净心修炼，获得解脱。接着，书中将瑜伽分为智瑜伽、业瑜伽、信仰瑜伽、哈他瑜伽、王瑜伽和昆达里尼瑜伽六大类。我用有限的英语扫描一段段的字母。好复杂啊！智瑜伽认为，知识有低等和高等之别，寻常人所说的知识仅仅局限于生命和物质的外在表现。智瑜伽习练者通过朗读古老的、被认为是天启的经典，理解书中真正的奥义，获得对生命真谛的领悟。业瑜伽倡导将精力集中于内心世界，通过精神活动，引导更加完善的行为。终于，我找到哈他

瑜伽，这应是我正在做的。书中说：哈是日，他是月。哈他瑜伽认为，人体包括两个体系，一为精神体系，一为肌体体系。哈他瑜伽追求的是一种平衡：日与月，阴与阳，精神与肉体，神与人。人经常因为幻想或思虑使大脑处于极其躁乱的状态，这些是某种能力的浪费和肌体的失调，比如疲劳、兴奋、哀伤、激动等。如果这种失调现象不太严重，休息可帮助你自然恢复平衡，但是当不能自我克制和调节时，这种失调会日益加剧导致精神和肌体上的疾病。哈他瑜伽可以通过体位法和呼吸控制帮助消除肌体不安定的因素，通过调理脊骨的运动，用软骨功来调理脊柱，从而调理不同的能量中心（三脉七轮）。调息可以清除体内神经系统的滞障，控制身体的能量并加以利用。

还是太复杂了。我什么时候可以达到自省内观呢？仍旧认定冥想。于是又找到舒巴奇，我告诉他，我永远不会在六天内完成体式和呼吸控制阶段，但我必须做冥想，这是我来这里的目的。舒巴奇见对我根本解释不通，便答应明天给我安排老师。

圆地上的智者

午睡后的人是恹恹的。走到河边，向小贩买了五个橘子，便漫无目的地朝商街的相反方向走去。没有任何商铺，只有沿河的静修中心的院墙。墙根下坐着很多衣衫褴褛的人，也不知是苦行僧还是乞丐。有人向你伸手，有人只是盯着你走过。

舍离俗世，寻求个人精神解脱作为一种社会生活理想在印度备受推崇。很多人为了追求解脱离开一切时，就会靠乞食为生。如此，布施与乞食都被看成达到解脱的手段。有一些受过教育和生于有钱家庭的人，为求精神解脱离家，被称为白领乞丐。这种乞丐文明的精神根源是，对一个正统印度教徒来讲，最关心的问题是与神的关系的问题。寻求与神合一是其人生终极目标。相对于这一崇高目标，经济地位、荣华富贵等都降为次要地位。因此，受解脱这一崇高理想的召唤，印度教徒有一种从现世实际联系中分离出去的冲动。这些也构成了世人谈论的印度人独有的超脱态度。

沿河走下去，没有了人群。静静的小路领着我，已近傍晚。走到昨晚曾来到的那块圆地。

坐在一株四人抱的大树下。仍然有如数的长尾猴、古井、老树和依旧白炽的夕阳。长尾猴在斑斓的枝叶上跳来跃去。树下的一只黑物静静卧在白沙上，面向河流，一动不动，像是在冥想。我一直以为是只黑犬，仔细一看，才发现有两只角，原来是只黑羊，颇有智者风范。一位白衣僧人走来，又走过去，坐在远处红泥砌成的圆台上。一件橘色袈裟在远处飘曳，是一位老者在树边徜徉冥思。黑羊们围过来，在我身边觅叶。一行白鸟从头顶飞过，留下一片叫声。河水白灿灿、哗哗地在眼前流淌。静谧中无限的喧哗，如同喧闹中无尽的孤独。只是前者让人身心平和，后者使人心力交瘁。

在都市如此之久，疲于情感、工作的揣摩与较量，贡献心机。流行的磨合，其实不是彼此削减后的适应，而是蕴藏茧心去制造凸面，去适应"形式"所需，是一个无穷的加法。你永远要在真实上加上"伪装"。那么，复原的代价又是什么呢？

正在读《印度吠檀多不二论哲学》一书。乔荼波陀主张梦时境界和醒时现实同样是幻，二境的不同只是在于存在的时间长短而已。他认为，在梦中，"自我"摆脱了清醒状态时的物质束缚，对自身进行认识。同时，梦中的对象没有主观以外的存在，即梦中对象是"自我"设置的。做梦者的梦中经验、梦中对象就是做梦者的主观意识本身。用佛教的术语表述就是：能见的心和所见的境是同一的。并且，醒时的对象实际上是人们的无明所造成的虚幻景物，跟梦中对象一样是非真实的。

在瑞诗凯诗做梦很怪。你总能记得很清楚。像是一种让你思索的启

示，在这个禁欲、禁荤的圣镇。

身边传来脚步声，橘色袈裟的智者沉思着走过来。我要谈话的欲望窜出来。"我们能谈谈吗？"他没有听到，继续踱远，然后又踱回来。"我们能谈谈吗？"他依旧在他的沉思中。第三次，我将目光定在他的身上。

更大的声音："我能和您谈谈吗？"

他止步，上前用右手扶住右耳，"您在说什么？"

"我想和您谈谈，就很短的时间。"

我有如此强烈的诉说欲望、探寻欲望，是在我开口的那瞬间才意识到的。我哽咽的声音，我强抑的痛吟，我忽然沸腾的躯体，透露了我的渴望。为何我会如此迷失！

"Yes." "您能坐下吗？"但是他并不坐下。

我仰头提出我的疑问，"印度人的平静如何去应对现代冲突？"

他告诉我："如果两人都有钱，却只有一个相机，那就请你拿走吧。神告诉我，是我的，才是我的。你拿走的是个相机，你却拿不走我的机缘。我还会在某一刻、某一个地方再遇到相机。因为我信奉神灵。"

见到我的疑惑，他建议再约会，将我的疑问写下来，到他的房间寻教。

他说："我需要与坐在那边的白衣人谈话，是个私人谈话。如果可能，你可以后天下午 1 时 30 分来找我，谈话将持续 30 分钟。"

白衣长者领我走到后天约会的地方，在一个与芭摩特·荼克檀相邻的静修中心里，并建议我明天 10 时 15 分来找他。告诉我他会给我一些英文读物。

我很诧异他们对我这个偶然出现的异乡客的关怀。莫非我的神情已经让两位清晰如镜的智者看出一丝茫迹。

太阳沉西，天空灿金。

在恒河边的晚课上，码头的台阶干净，人人赤足倾听圣歌并吟唱。

河水仍是喧嚣着流淌，水中近两米高的雪山神女像，一盏圣灯射在像上，通体光明。

　　我坐在一层更近水边的石阶上，河水在脚尖一波一波叠起，像是在合着圣歌的节奏。码头上列着一排香炉，香烟缭绕。

披头士乐队和玛哈瑞诗·玛哈士大师

（Maharishi Mahesh Yogi）

India, India, take me to your heart.

Reveal your ancient mysteries to me.

I'm searching for an answer, but somewhere deep inside.

I know I'll never find it here.

It's already in my mind

India, India, listen to my plea.

Sit here at your feet so please don't leave.

I'm waiting by the river but somewhere in my mind.

I left my heart in England with the girl I left behind.

I've got to follow my heart wherever it takes me.

I've got to follow my heart wherever it calls to me.

I've got to follow my heart and my heart is going home.

India, India, listen to my plea.

I sit here at your feet so patiently.

I'm waiting by the river but somewhere in my mind.

I left my heart in England with the girl I left behind.

印度，印度，领我进入你的心田

掀开你古老的神秘

我在寻觅一个谜底

我知道我永远不会在这里找到

它将出现在我的意识深渊

印度，印度，请聆听我的祈盼

我独坐在你的脚边，请你不要离开

我坐在河边等待，但是在我的意识深处

我已将心留给了那个在英国的女孩

我要随心翱翔

我要随心召唤

我要随心返航

印度，印度，请聆听我的祈盼

我独坐在你的脚边，静谧无言

我坐在河边等待，但是在我的意识深处

我已将心留给了那个在英国的女孩

　　这是一首从来没有发表的约翰·列侬的歌，是约翰·列侬1968年在瑞诗凯诗时写下的，曾收集在"约翰·列侬和大野良子"这张专辑里。当时约翰·列侬与他的乐队来到瑞诗凯诗静修，他深深思念着远方的情人。我也只是在披头士乐队的记事中读到。走遍瑞诗凯诗集市，却没有找到任何披头士乐队的痕迹，似乎他们对于瑞诗凯诗是不存在的。只有提到玛哈瑞诗·玛哈士大师时，才有人淡淡地答允，他是个著名的高僧。玛哈瑞诗·玛哈士大师将披头士乐队和瑞诗凯诗连在一起。他曾是披头士乐队的精神导师，在全世界设立了很多静修中心。在瑞诗凯诗的静修中心则是他最著名的"王国"。

　　玛哈瑞诗·玛哈士大师是一个实力、权力极强的高僧，也是超经验冥想组织的创始者。20世纪60年代他在西方宣扬超经验冥想，披头士

乐队的乔治·哈里森拜玛哈瑞诗·玛哈士大师为精神导师，随后美国著名演员米娅·法罗（伍迪·艾伦前妻）也成为了他的弟子。1967 年，披头士乐队经纪人爱浦斯坦长期过量服用毒品类药物去世。在玛哈瑞诗·玛哈士大师的精神疏导下，披头士乐队平静地对待爱浦斯坦的死，决定在没有经纪人的情况下自己照料他们的商业事务。1968 年，他们跟随他到瑞诗凯诗静修中心。由此，玛哈瑞诗·玛哈士大师及超经验冥想组织闻名全世界，600 万人把他视为精神领袖。今天，玛哈瑞诗·玛哈士大师的静修中心早已不复存在，但后嬉皮主义者还是寻觅至此，追忆已逝去的梦想年代。

带着好奇，我也想亲临披头士的静修中心，只是问过几个人后，没人知道在哪里。

早上瑜伽课后，我拿起相机，到山上游荡。沿山路走了一段后，随意拐到山坡里，在杂树丛中穿来穿去。忽然，丛林中，一扇生锈的大铁门出现在眼前，两边是已颓败的石墙。一条大道向前延伸，消失在尽头。大道两边是林林总总的建筑。这是一片非常气派的废墟。恍惚间，我脑子一片空白，不知身处何地。满腹狐疑，踏着废石丛木向前摸，走了很久，听见水声，循声望去，恒河从树丛枝隙中显出。又走了一段，身后传来说话的声音。一个坡形椭圆的大厅里，两个西方男子在讨论着。

"这是什么地方？"我走近问。

"当年披头士乐队冥想的大厅。"

玛哈瑞诗·玛哈士大师有130多个静修中心。我们所在地是他的"王国之都"。1968年，披头士乐队来到这里修心洗练，同时逃避乐队在西方赢得的重重声名和追捧。也正是这次旅行，导致了后来披头士乐队在白色专辑里的实验意图，再后来的结果则是乐队的最终解散。

中心占地上万平方米，由100多个石子堆起的堡垒做客房，还有两大列四层水泥宿舍楼，两个冥想大厅，另外还有玛哈瑞诗·玛哈士大师

本人的官邸。整个中心面向恒河，背靠青山，一条溪流从中穿过，一条大道贯穿全园。大理石地面，落地玻璃，马赛克水塔，所有景象都体现出当年的摩登与繁荣。一阶一阶长满青苔杂草的石台可以联想当年水光潋滟的美景。中心内古树丛丛，建筑群错落有致。来自世界各地的追随者会集于此。据说，披头士乐队当年留在此地冥想修炼，流连忘返。后来玛哈瑞诗·玛哈士大师对大野良子图谋不轨，致使列侬盛怒之下，带队离去，并和他的精神领袖玛哈瑞诗·玛哈士大师分手。约翰·列侬收录在他 1970 年的专辑《塑料洋子乐队》(Plastic Ono Band) 之中的歌曲《上帝》就作于这之后。随着一曲简单的钢琴伴奏，谜团般的陈白唱出一系列否定信条："上帝是一个我们借以度量自身痛苦的概念"。不再相信的事物的名字也一并从约翰·列侬的唇间滑出：幻术，易经，圣经，意式纸牌，希特勒，耶稣，肯尼迪，披头士，最终以一句"我只相信我自己 / 大野和我自己 / 这就是现实……"结束全曲。披头士乐队与玛哈瑞诗·玛哈士大师以及瑞诗凯诗的情缘自此而尽。

玛哈瑞诗·玛哈士大师后来也被迫弃园而逃。因为政府追查重税。不过也有人说这更多是政治原因，因为他过于强大了。总之，一代盛世只剩下残壁、纸屑。在一栋楼的房间里，我发现满地散落着当年的记录，冥想课的考卷，一段残缺的图片底片，镜前仿佛是位受礼白人，还有一张绘有中心未来蓝图的明信片，如此的雄心勃勃，也难怪政府要稽查了。

20 世纪 90 年代，玛哈瑞诗·玛哈士大师继续推出"玛哈瑞诗效应"理论。他提出在一群指定的人口中，若有百分之一的人练习超经验冥想，天下就会善多恶少。2002 年，在"9·11"后美国的第一个独立日，玛哈瑞诗·玛哈士大师声明他可以用爱来制止世界恐怖主义。玛哈瑞诗·玛哈士大师说，如果有十亿美元，他就能够训练出四万名专业的沉思者，这些沉思者能产生的影响足够拯救整个世界。看到这条消息，我不禁黯然，似披头士乐队蒙羞一般。

托马斯

　　托马斯是个失业的德国建筑师，一米八五的个子，真诚、笨拙、不宽容。我是在瞻仰披头士乐队心灵之园的废墟时遇见他的。当时他正与从芬兰来的托米一起参观冥想大厅。

　　托马斯主动留下陪我转遍了整个废墟。然后我们一同来到他的饭店Green Hotel。他从房间拿来地图、旅行辞典，仔细地向我推荐他所钟情的印度景点。这是他的第三次印度之行。他说因为这是一个与他生活的环境完全不同的世界。不过接触后发现，他实际上一直用他熟悉的环境要求印度，只是因为在印度这个环境里没有人再像在德国那样要求他了。

　　托马斯建议我去瓦拉纳西、斋浦尔和乌代浦尔。他甚至帮我记录下饭店的名字与电话。也是从托马斯这里，我第一次听说《孤独星球》（*Lonely Planet*）导游书。离开瑞诗凯诗前，我在小镇上找到这本书，它成了我后来印度之行的圣经。

　　中午一起吃饭，直至逛街，买布匹，我慢慢开始不太希望有托马斯陪在左右，但他似乎兴致勃勃。路上碰到菲尔，他告诉我明天将坐车回德里。我邀请他一同午餐，他谢绝了。晚饭又与托马斯一起用餐。他要了一瓶拉西——一种印度酸奶。旁边桌上有人告诉他，这里的酸奶很不卫生。于是，托马斯开始全神贯注地盯着厨房，任凭你对他说什么都不理会。当服务生拿过酸奶时，他厉声斥道："我看见了！你知道这是一杯不卫生的酸奶，为什么还送给我。这是不道德的。"老板赶快跑来，又为他换了一杯。他依旧不依不饶地怒斥，"你们这是有意欺客！"托马斯生气时脸色发红，两眼不眨，目光直勾勾地带着一点凶气。结账，我很注意，各付各的。他不仅不给一分小费，还对我留下 10 卢比的行为大声斥责。我很不耐烦地告诉他，所有的这类城市餐馆都会有卫生问题，我们不能去抱怨，呵斥他们不卫生，而是应该让自己多加注意。我已经开始厌烦这场邂逅了。在网吧，他坚持帮我在雅虎上开户。我只好随他，填上一些假的个人信息，但邮箱没通。这期间，他坐立不安，不断抱怨电脑速度太慢，是因为网吧主人在管理器上下载东西，妨碍了用户的用网速度，这是一种欺客的行为等。这个男人真无可救药。于是我走到外间卖 CD 的房间去挑音乐了。偶尔回头，望见他探寻我的目光，真是只有想逃的份了。好在无论如何，他是位欧洲君子，我们友善地互道晚安，各回各的饭店了。

与默瀚做冥想

　　印度人的平和也让我从另一个角度领教了。送去布料第三天了，仍然没有动过一剪子。他们可以第三次以平和的口吻告诉你，明天来取。我很生气，一句话不说，把布拿走。回到中心前台，我请他们帮我找到另一个裁缝处。前台很从容地说："请跟我来。"我跟着他，心想终于有希望穿上新衣服了。殊不知走过小巷，他停在了同一个门前。"不，我想找另一家。"他进去说了一串话，回头说："明天12时来取。"明天真会出现奇迹吗？

　　总之，待下来，在这个小镇，我慢慢放松自己。卡门说一周后我会感到自己的改变，会吗？我认为还是需要找一位冥想老师。我需要充分利用我的瑞诗凯诗时光。

　　找到舒巴奇。我问他什么时候可以做冥想，他说安排好了，是默瀚

给我上冥想课，下午 2 时。

　　下午，冥想课。我们是在花园中房子的屋顶做的。默瀚拿了两块毯子，我拿了一块走上屋顶，找到一块背阴处。屋顶风很大，清爽怡人。默瀚用他极轻却有磁性的声音说："Close your eyes." 我被这个男人吸引。他个子不高，却有一种折服人的沉着。眼睛很黑、很深，微微呈椭圆。他总是穿得非常干净，似乎飘着皂香味走近。今天，他一改以往一袭白衣的装扮，上着白色宽大的圆领衫，下着暗红色绵绸裤，肥大惬意。默瀚很少笑，礼貌时会柔和、羞怯地送你一个微笑，然后很快收回，真到自然笑时，一点高兴也在他脸上显现出抑制不住的畅悦。他告诉我，瑜伽认为，人是不能操控大脑的，但人能控制呼吸，控制身体，从而控制大脑。习练瑜伽，可以让你拥有一个很健康的身体，纯净自身。这样，才能有助于纯净自己的思想。世间发生很多事情，它们都会产生幻觉，积压在你的大脑里。冥想的习练是帮助你排除脑中的种种幻觉，把只望周边世界的目光收回来，努力去观望自己，反复呢喃"I'm that. Si Wo Ra Me."这样能帮助你将大脑的思维放慢下来，纯净大脑，不再急躁。他用手势示意我，反复呢喃"Si Wo Ra Me"的时候，要用大拇指依次挤压食指、中指、无名指、小指的顶端。他解释道，这样可以对大脑后边的神经中枢起作用。我按照他的指令去做。双目闭上。风一阵松，一阵紧地吹着。默瀚的声音轻轻地引领着我。他就坐在我的对面，不到半米。我感受着风的轻拂。是否风已经把领口吹开？是否脖颈已经裸露在光斑中？是否脖颈下露出了更多的风情？是否默瀚也会偶然地睁开眼睛？在这种暧昧的想象中，我顺从地做着我的练习。慢慢地，我感到思绪沉静下来，有了醮意，开始沉睡。只有风在吹着我。20分钟后，默瀚的声音又响起，"请躺下。"他请我将所有注意力集中在眉宇之间。我试图如法，不自觉中，我在观望闭目后的眉头。好像是一扇门，一扇微启的门。外边的光线射进来，不断地变换着颜色。一个小时的课程下来，我发现自己的心境平静了很多，似乎所有的肢体和思维都将速度放慢下来，不像在瑜伽课上，一旦默瀚的声音催眠，要求集中时，我的大脑里就像是进了闹市，所有的事情、工作、生活、情感、人，近的、远的都拥挤进来，搅得鸡犬不宁。

冥想课后，回到房间，睡意越来越浓。我索性放任地横倒在床上。醒来以后脑袋有些沉，但不烦闷，我吃了一个橘子，松松胃，又夹着书本来到我的"圣地"。

坐在"圣地"的圆坛上,我试图做一下刚刚学到的冥想。

两个印度妇人在我冥想过程中坚决地坐在我的身边,大声议论起来。她们像是美丽的母女俩,全部身披橘色纱丽。老人试图在向女子开导什么,女子只是若有所思地听着。井边一个女人在洗衣服,是用一个木板拼命打。看不见一只猴子,却有一对奇鸟在树根、树枝间形影相随。几个英国人,在寻找披头士的踪迹,他们按照我的指示离去。猴子们全又冒出来了。斯瓦弥大师走过来,告诉我读好《莲花露》这本书,将问题记下来,明天我们讨论。他对我说:"这是一本对人生有益的书。"

一个六岁的女孩提着水桶过来打水。她叫达拉,穿着一件橘黄色的连衣裙。眼睛大大的,牙齿很齐,笑的时候全露出来。我给她拍了几张照片,她送给我一朵粉色的山花。

猴子们乘机把我的书、笔全部推到地上。然后,围在旁边看我的反应。我走过去拾起,它们心满意足地离开了。

晒干的树叶在白沙里随风挪动着,散发出一种干干的香氛。

一位身着玫瑰色纱丽的老妇人,无声地坐在我的身边,她开始不自觉地哼唱一首曲子,歌声随着她的思绪时断时续。

天空开始泛上青白,河水的颜色微蓝起来。夜幕要降临了。

瑞诗凯诗的西方人

    肚子不饿，但出奇的馋。我一心一意来到昨天托马斯带我来过的最好的印度餐馆。经过河边时，见到穿着整齐的托马斯在换鞋准备坐下听晚课。我实在无心与他讨论、闲逛一晚上，所以也就没打任何招呼避开了。心里有些过意不去。旅途上这点其实很好，偶然的相遇都是很随意的，没有任何义务和牵强。坐在餐馆里，还是会念托马斯的好。与他相识让我吃到了本镇最好的印度菜，知道小镇有《孤独星球》卖，并且订好了后几天的旅行方向和住宿地址。

    我坐下来，胃口大开。要了一大盘后，还把邻桌人的尖辣椒借来，大吃起来。真是刹不住的胃口。我点的是 Thali，一个大圆盘里有六个小圆碗，里面分别是最有特色的印度菜：奶酪蔬菜、咖喱蔬菜、素丸子、甜点和油豆菜，一个脆饼以及两个薄饼。我很快将主食消灭光。服务生

　　有趣地望着我，又拿来了两个薄饼。仍旧消灭。心里还想再要，实在不好意思，只好不甘心地又把盘子里备的一小碗豆子饭就菜吃掉。最后再来一杯印度热茶。买单，82卢比（13元）。我的胃好胀啊！

　　邻桌有几个外国人。外国女人样子很嬉皮，头发梳成很多细辫拢起，上面一个印花无袖套头衫，下面一件另一种印花图案的及地长裙，裙外又套着一个单色的同色调的过膝长裙，整体很和谐。只是脏啊！能看出味道来！她在满餐厅追赶着一个女孩……同行的其他几个人的样子也是在未来片中才能看到的。五官比例总是与常人相差一个百分比，却是一副另类精灵的劲头。真是处在正常人与疯人之间的一族。我佩服他们从外形上都把握得如此精确。

　　Blue Hill 网吧仍然有很多人。外国人这几天越来越多了。一个光着煞白脊梁、无肌肉的家伙走进来。他的胳膊上用油彩随意划了好几道。额头、鼻梁上也有一迹由上到下贯通的黄线。金发碧眼。头发理成小和尚的发型，前边周围短短的，只是在后脑勺处留下一大缕长发，垂至发尾，很前卫。这是一个有背景的人。他的装束是刻意追求的放任，透着霸气。他是一个斯文的霸王，说明是个风云人物。他在不断地用颐指气使的口吻吩咐不同的人，让他们解决他的信用卡在印度使用时遇到的问题。原因是他需要的 3000 美元不能如期兑现。3000 美元在印度是什么概念？相当于 10 万元人民币在中国。我只是不明白，这么看似有竞争力的人怎样就能将他一身灿灿的白肉袒露着。更有甚者，下着一条浅黄色软绸布肥裤子，低裆，如此随体摆动，你甚至怀疑他是否里面是一级装扮。多有身份的绅士，也渴望一种不雅之极。也算是另一种形式的放任啊！

　　印度正是提供了这种享受，尤其是在嬉皮朝圣地瑞诗凯诗。所有西方人不敢展示的外貌在这里都彻底流放出来。这应该也是一种对身心极其有益的发泄。瑞诗凯诗的印度人已经习惯了另类西方文化。他们知道在镇上游荡的西方人 70% 都是疯子。

我的心开了

我必须撑出我的船去。
时光都在岸边捱延消磨了
——不堪的我呵！
春天把花开过就告别了。
如今落红遍地，
我却等待而又流连。
潮声渐喧，
河岸的阴滩上黄叶飘落。
你凝望的是何等的空虚！
你不觉得有一阵惊喜和对岸遥远的歌声
从天空中一同飘来吗？

——泰戈尔

　　一只飞落到走廊里的鸟，在我门前叫个不停，我只好睁开眼。窗外还是黑的，对岸灯火闪烁。5 时 40 分。昨晚熄灯，美美地冥想着进入佳境，周身酣畅，很快便入睡了。

　　晚上下了很大的暴雨，今早只剩下风了。已经是印度之行的第五天。我计划明天乘下午的火车去德里。

　　神清气爽，来到瑜伽教室，早读的孩子们刚刚结束英文课，由卡门领出来。其他学员渐渐到了花园，7 时整，默瀚又静静地走进来。还是同样的动作，我已感到身体柔软很多。动作中，突然想到要将旅行写成一本书。瑜伽课上默瀚的声音响起时，脑子里已不再是各色战争，而是静思，唯一跳跃的思维就是印度之行的书。回到房间，我换衣拿着相机出来，浑身充满了创作的欲望。这么久以来，我突然感到自己从压抑的

牛角尖中解脱了。不再陷入个人的烦恼中，开始对周围的人、事充满热情。我走出来了！这种被解决的快乐如此突然而至，令我不得其解。以往使我苦恼的事情似乎一下子褪色了很多。它们仍然在那儿，但远没有以前认定的那么穷凶极恶。它们其实也是一种平常。

下午要去见斯瓦弥大师。上午，我回到"圣地"温习他送给我阅读的《莲花露》。早上的圣地很静。一个少年卧在树上诵经，女人在井边洗衣，一条小黄狗拴在她身后，不满地东吠一声，西吠一声，一个乞丐横躺在石阶上。

这里真是个万物乐园。一只松鼠在枯叶间跳舞，另一只跳上高枝。白色长尾猴懒洋洋地斜卧在地上，东张西望。离它一米远，四个印度人席地而坐，点燃一捆松火念经烧纸。一只母猴晃到我眼前，在枯叶中翻找着，长长的尾巴平拉在地上。它右手扶地，左手扒拉着，还时不时地赶走落在脸上的苍蝇。三只黑羊，两只大的一只小的，相继登上我坐的红色圆台。一只大羊走到我跟前，直视着我咩咩叫两声。然后，它们又慢慢离去。一只鸟立在井台柱子上，看妇人压水。母猴还在绕着圈子翻树叶，尾巴已经绕到它的斜前方。静地一共有 30 余棵大树，其中很多是数人抱的古树，枝叶繁盛，树叶黄、绿、红各异，树干也有凝白色、青色几种。有一棵树，树根裸露在三米高的主干上，似天嫁的圣树。还有一棵，树枝在五米高处向下拧生着，枝端垂到三米处。白衣长者告诉我这种向下生长的树干都是有圣气的，很适合在下面做冥想。

母猴什么都没找到，登上圆台休息了。一只幼猴走过来扑到它的怀里，我们只有一米之遥。它们视我为一个生物，仅此而已。幼猴倚靠在母猴膝头，让我想起女儿在怀里的温馨时刻。

坐在这块园地上，思绪平静安逸。身边的一切像被净化过般清澈，让我悠悠地回想起往事。曾经的生活中有那么多的阳光，那么多的幸运，

那么多的爱，我深感自己的"得天独厚"。

《莲花露》是一本 80 页的小书，很像某个寺院侧殿台阶上卖的宗教宣传品。书中是印度古文献中的生活语录。目录上列着永恒的快乐，自我，骄傲，责任，欲望，命运，爱情，神，人，大脑，世界，时光等50 多条人生大概念。在"自由"一节中，他采取《大鹏往事说》的解释：只要人为欲望所左右，并且让其行为受无意识的各种诱惑和厌恶的控制，他就不是在享受自由。如果有锁链束缚了我们，那么，这些锁链是我们自己锻造出来的，我们自己可以将其打碎……

与默瀚约好下午 1 点的冥想课。到了课室时，默瀚已经在里面，风扇已打开，轻轻地吹着。默瀚拿过来一个格毯，放在地上，又为我拿起另一块铺开。"今天我们学习呼吸。"他慢慢地告诉我，人的呼吸一般有三种：腹底，胸腔，肩处。他让我把一只手放在腹部，另一只手轻放在胸前，正常呼吸，专心体会。我做下去，然后告诉默瀚更多还是腹部呼吸。他说很好。因为已经很少有人用腹部呼吸了。婴儿出生时是用腹部的，但随着年龄的增加，情绪的不稳定，呼吸慢慢上升到胸膛。然后，愤怒时会直接升到肩部。我们练习的冥想就是要练习用腹腔呼吸，这样，呼吸自然而然变得平缓深沉，我们的大脑也会随之放慢。因为大脑的速度是与呼吸相辅的。大脑速度放慢了，人就变得放松平和了。

在默瀚的引导下，我凝神倾听呼出和吸入时的声音。与我一贯的呼吸方式相反，吸入凸腹，呼出吸腹。我将手放在腹部，认真地反复呼吸。神奇得很。我的每次呼吸都让我真实地感觉到后脑有一种沉酣落下，慢慢地，慢慢地，一厘米，一厘米。我感到身体慢慢落下来，气息均匀清晰。身体似乎松开了，一点点地向后倾斜。听不见默瀚任何声音，只是自己气韵神定。醒来之后，睡意仍未退去。默瀚说以后睡前可躺卧，将三本厚书置于腹上练习。我应允。冥想的作用已经让我瞠目结舌了。

下课了，与默瀚闲聊。

"我真高兴是和你学冥想。"

"其实，也是太凑巧了。我很少带冥想课。只是现在是淡季，没有很多访客，老师们也都休假了。否则，包括体式课，也不会是我给你上。"

默瀚曾师从世界著名瑜伽大师，并先后在最负盛名的印度喜马拉雅瑜伽研习中心（Himalayas Center）和印度最古老的瑜伽与文化大学（Kaivalyadhama G.S.）潜心学习，是一位真正的瑜伽科班教师。他还会瑜伽治疗，曾在印度南方一家著名的辨喜瑜伽治疗学院学习工作。目前，他是瑜伽之都瑞诗凯诗著名的琶摩特·蔡克檀静修中心瑜伽学院的主任。地方政府每年委托琶摩特·蔡克檀静修中心举办国际瑜伽节，来自世界各地的瑜伽爱好者或专业教练会聚一堂。瑜伽节期间，通常有著名的教师七八人分别授课，其中会包括瑜伽体式、冥想、印度疗法课程等。学员们每天闻鸡起舞，夜幕降临时，还要参加恒河边的圣火典礼。晚餐后，仍有著名瑜伽大师的讲座。作为一名出色的瑜伽教练，默瀚每次都会担任来自全世界 200 余名瑜伽师的培训工作。

"你从小就是瑜伽人了吧？"

默瀚的回答让我大吃了一惊。他竟然曾经是一名足球运动员，踢后卫的。大学专修课程为计算机软件设计。默瀚第一次进入瑜伽课室是在一次严重撞伤后。一个朋友把他拖到瑜伽课室，告诉他这里会对他有帮助。

"第一次做，我的身体硬得像石头。老师很严格，浑身很疼。"

"那怎么竟然当上瑜伽老师了？"

"首先，我得到很多益处。还有我的老师坚持让我从教。他说我天生就是瑜伽人。其实，他不说，我也知道了。"

作为一个远方的过客，我是没有资历界定瑜伽人的。不过，我亲身体会到，默瀚确实能够自然地营造出瑜伽的氛围，并引领学员进入纯净和谐的瑜伽世界。

　　冥想课后，我来到智者斯瓦弥的书房。斯瓦弥请我开始。我不无冒失地说："《莲花露》我浏览了，我也明白其中有些道理。但是如果遵循一味的放弃，又如何去履行自己的责任。履行责任是需要内容的。"大师没有多说。他言简意赅道："放弃不是不做。人行事分三层：一是想做，二是责任，三是回报。我们要放弃的是对第三层的追求。因为努力并不能获得意想的结果，而如果你渴求这个结果，你必定会失望。所以放弃欲望不是放弃努力，是要求放弃回报。你因为男朋友离去，所以你难受，这是你对男友的依赖。一旦有依赖，必定会难过，因为你成了他的附属。不要依赖任何人、物。对你的父母、孩子、男友、工作都一样。因为任何事情都会在不经意间发生。而依赖只能令你在事变时痛苦。要知道任何事情、人、物都不是为你而生，不是属于你的。你生下来时，什么都没有，只有你自己，只有自己属于自己。所以，好好关爱它，善待它，信赖它。你唯一的依赖只是你自己，任何其他的事物，只是去服务他们。服务他们，使用他们，这是责任。不要成为他们的附属，依赖他们。人有一天会死、会变，你唯一能做的就是服务，尽义务与责任。"

大师的一席话让我豁然开朗。"你能拿走我的相机，但你拿不走我想要相机的愿望。"总有一天，上天会给我这个机会的。

Attachment! 没有任何人、物应该属于我，只有我的愿望属于我。所以，不如去努力做眼前需要做的事情，更好地做我自己，帮助自己，更好地平衡生活，等待那个愿望成真。

我的心开了。

离开静修中心时，我问一个小伙子，这位大师是谁？小伙子诧异地望着我："你怎么得到的约会？""我只是在散步的时候遇见他，想与他谈话，他就请我这时来。""那你太幸运了！我从尼泊尔来，就是为了这个约会，已经等了五天了。"小伙子告诉我，斯瓦弥大师曾是位著名医生，在孟买有一所医院，现弃医专门从事教诲工作。他现在是当地最德高望重的人，肩负着传播者的责任。很多人慕名而来，只是为了能和他谈 30 分钟。

阿南达，印度最奢华的美容

　　从大师处出来已近3时。我与默瀚约好3时见面，他送我上车去参观离此地35分钟车程的阿南达宫殿，据说豪华无比，并且有印度最好的美容疗法。想穿新做的印度衣服，急忙奔到裁缝处取衣，扣子没缝，害得我与他们联手制作。裹上两套衣服往回跑，在楼道里碰到刚从上面下来的默瀚。他笑着说我刚上去找你。

　　"我可以很快冲个澡吗？"

　　他笑得很好看："当然！"

　　我冲上楼，心情好极了。淋浴、穿衣、背包。几分钟后，又湿漉漉来到楼下。默瀚高兴地看我出来，我们一同出去。

　　阳光真好！默瀚请我在远处桥那端等他，他去取车。我实际上没太明白他的意思，就照着去做了。印度新衣服不合身，我还是启用了我的

行囊。我穿了一条艳蓝色的七分裤，脚蹬一双艳蓝色中式梅花布鞋，小白背心外套着一件麻制浅粉色绣花衣。一路上，行人侧目。我乐悠悠地奔上我的桥。在小镇这么久，从来没有跨过这座桥去对岸。这座桥有点像铁索桥，又很像法国著名导演特吕弗的电影《朱儿和吉姆》(*Jules et Jim*) 中的桥，用很多钢丝铁网架成，铺上了很稳的木板。正值下午，阳光把桥两边的恒河照得白晃晃的。细窄桥面上人来人往，女人的纱丽在阳光中艳艳地飘逸。偶尔有小摩托驶过，让你永远不知往哪边闪。快到桥头了，后边一声轻唤，回头望去，默瀚骑着一辆小轻骑在朝我笑。我感到很开心。下了桥头，我跨上轻骑的后座，默瀚启动马达。双手轻轻搭在他的腰上。默瀚谨慎地避开路坎，匀速地向前开着，就像做瑜伽时那样不动声色。到了岔路口，他停下放车。

"我们完全可以就开这个上去的。"我说。

　　默瀚微笑着不说话，带我往前走，然后指着一个高个子印度男孩："这就是带你上山的男孩。"

　　我诧异了，"你不去吗？"

　　默瀚抱歉地笑着："不了，我得走了。"

　　我真是有些失望了，只好说："谢谢送我过来！"

　　男孩叫阿布里，23岁，在经营一个旅行社。他很开心，我们一路开着车，放着歌开上山巅。阿布里告诉我这个宫殿很贵，一杯茶要130卢比。

　　"我有一次带女朋友上来，想请她吃饭，一看菜单，才知口袋里的钱差远了。"

　　我说："别再说了，你越说我越渴，我太想喝可口可乐了。"

　　和阿布里聊天很开心，他是个真正做旅游的胚子。热情、大方、英语很好。我们开到山巅，一座壮丽的古堡出现在眼前。阿布里告诉我，这就是有300多年历史的古堡——阿南达饭店。

　　阿南达是另一个印度，殖民、富有、讲究。修整精致的花园沿着山

坡顺势铺开。梯泉、草坛、紫丁香花丛、粉房子、小径、大理石穹顶凉房，还有白毯上坐着的白衣乐师，挂着英国王室图片的客厅，有台球桌的会客室，皮制沙发、深色书柜的书屋……一色的英式家具，在射进的阳光下一尘不染，一切都带着老不列颠的气派和架势。

　　真正的住房在山坡下端，一排三层楼的浅色房子，依山而建。走进房间，卧室是典型的现代客房装修，欧洲现代的标准风格，只是家具、卧具质量上乘。浴室有两平方米，标准高质量装饰，没有什么出彩之处。但进入房间还是令人眼前一亮——它的景观。在这些司空见惯的饭店布局之外是临浴缸的大窗户。窗外是视野辽阔的山谷，能够看到群山环抱中银带般的恒河蜿蜒前行。河两岸的城镇瑞诗凯诗密密麻麻地散落在岸边。夕阳之下整个山谷被笼罩在一片光雾中，非常壮观。

　　阿南达有印度最好的美容。美容的经理是一位胖胖的澳大利亚女人。她一身黑色舒适套装，态度和蔼。美容在一栋单独的楼里，楼厅是浅色花纹的大理石，厅左边是一个考究的小商店，里面摆满书籍、浴具、服饰、家居小用品等。商品厅的右边是一个小憩的地方，方形简约风格的沙发将一个同样风格的茶几围在中间，茶几玻璃下是两排由相同浅方器

皿盛置着的不同植物草本。厅的正面对着楼梯，曲蜓向上，分别通向男部、女部。女部在二楼，一共有 30 个房间排列在两条长长走廊的旁边，每个房间四平方米左右。都有一扇窗，或朝向山谷，或朝向花园。

　　进入女部，首先进入一个主厅，厅中央有一个圆形水坛，坛里分为四块，底下铺着不同的石头，中心有个木轴，像是一个磨盘。你需要踏在水里，推着木杆一块一块转圈。脚下的每块石坛里分别是冷水和热水。要走七圈。桑拿间是我有生以来见过的最美的桑拿间。一扇近乎落地的大窗，落在木台上，可以将整个山谷的美景尽收眼底。阳光射进来，屋里一片灿烂。桑拿屋边是一个休息厅，五把躺椅依次摆在面向山谷的落地窗前，每个躺椅配有一副耳机，悠扬清灵的万籁之声从耳机流进你的鼓膜。脸沐浴在明亮的光线中，闭上双眼，斑斓的色彩在眼前闪烁不定。

　　我选择最著名的印式美容。一个白衣女子领我上楼更衣。出来后，

在女部门前等待我的是一个眉目清秀且和善的印度男子，他温柔地说："请跟我来！" 走进房间，另一个年纪略长一些的男子已经静候在那里。桌台是一个黑木质浑圆的平台，正对着一扇窗。窗帘已部分拉下，透出外边的绿叶。我被要求侧身坐在台上，美容师开始在我前后合掌祈祷。吟唱片刻，请我面向上躺下。他的双手温柔地放在我的额头，一股清凉的液体流进我的头发。美容师开始揉搓我的头发，说是按摩，但没有点压，更像是慈爱的安抚。之后，我的双眼被蒙上一块绢布。我听到头上有放器皿的声音，然后又是一股清凉的液体开始在我额头上轻轻扫动。美容师的手一直轻放在我的头上，时不时将耳边的头发拢后。在轻拢中，我的思维、神经不由自主地跟着它晃动、游荡，不知不觉中我远去了。

"请起身洗浴。"一个柔和的声音把我唤回来。美容师将一些碾成粉末的草药对上水，交给我，吩咐我像用肥皂那样涂满全身。我走进蒸浴室，如法操作。湿湿的草浆涂到身上有些涩，磨搓起来非常惬意。它的味道淡淡的、香香的，没有任何侵略性。旁边一个瓶里是黑色的液体，香波也是用草药制成的。至于刚才轻拂头部的油液，也是由 50 余种草

药配成。冲浴后，浑身异常滑腻舒适。

　　我来到休息厅躺下。面前的四大扇窗户将整个山谷成 180°呈现在眼前。下午 6 时，太阳还高高的，阳光肆意地泻进来，山峦在强烈的光线下如波浪叠叠伸展。两片梯田，一片丛林，中间陷进一道山谷稻田，生机勃勃，万籁俱寂。

　　点上一杯饮料，黄瓜汁加酸奶，淡淡的绿色，点点儿香料籽，人生有多少美好的享受啊！

三人晚餐

　　在山上，已经催阿布里几次打电话找默瀚共进晚餐，一直联系到回到镇上的咖啡馆，仍然无法找到默瀚。我很失望，只好作罢。与阿布里走出咖啡馆，漫无目的地逛，一辆轻骑停在身边，默瀚坐在上面欢快地笑着。我后来跟默瀚说："我们是拼命与你联系，到后来我真是彻底失望了。结果，你却出现了。"默瀚笑道："因为你在反复想反复想，所以我就出现了。"

　　餐馆里人很多，楼上楼下都坐满了人。这是这里最好的餐馆。就是托马斯带我第一次来过的那家。我们点完菜不久，我才仔细端详了默瀚。他已经换了一身白衣服，头上也抹了一些摩丝，很好看。大家开始用餐。奇特的是，三人坐在一起，好像很难和谐。在我面前的是完全不同的两类印度青年。阿布里，现代、奔放、无忌，默瀚传统、内敛、自律。面对两人，我连说话的声调都不会采用了。与阿布里是开怀畅谈，谈笑风生。与默瀚是温柔低语，不敢造次。他们俩也无话可说，只是偶尔用印度话交谈些无怪乎天气、饭菜之类的话，我想。

难得能与默瀚谈话，更难得找到适当的话题，于是，瑜伽自然而然成了话题。在朋友的气氛中，默瀚的瑜伽解释也变得更神话了。

"大神湿婆的妻子帕瓦拉缇感觉不舒服，对湿婆说：'请告诉我一些方法，让我放松平静一些。'于是，大神湿婆就传给她151种方法。大神湿婆的话被鱼神蔓三塔听到。后来，蔓三塔变成人，成为第一个瑜伽人。他收下很多弟子，这些弟子又传授给其他弟子。于是，瑜伽传遍全国。"默瀚煞有介事地讲他的故事，看见我望着他，笑着说："这是真的，我没瞎编。""我知道不是你编的。"

我向默瀚提起在北京做瑜伽的感受。默瀚说这和欧美瑜伽一样。欧洲人了解的瑜伽大都是哈他瑜伽，一部分原因是它比较有可观性，对普通人来说不是那么神秘、不可接近，更主要的原因是欧洲人习练的目的是身体、健康、体形等，并不追求天人合一。包括后来在美国流行的热力瑜伽，都是有具体身体目的的。在印度，我们习练是一种精神活动。比如，我们每早晚按时习练，就像早课晚课一样。我们不仅为这一生习练，我们也在为下一生习练。习练中我们会感到神和我们在一起，他在关注着我们。

默瀚说话时，眼睛注视着我，一只修剪得很干净的手悠缓地在面前做着不同的手势，强调着他的解释。阿布里坐在旁边，似听非听，让我想起在法国听气功师朋友给巴黎人讲解香功时我的状态。

晚饭结束了。我询问阿布里是否有《孤独星球》。阿布里说没有。默瀚说："我有一本旧的，你先拿去看吧。"离开餐厅，阿布里过桥回家。我和默瀚沿着小路往静修中心走。路上只有几个小店还亮着灯，月明星

　　稀。我们慢慢走着，低声闲聊。默瀚的宿舍是在我们客房的另一头。一片小花园，走进就是一户连一户的房间。

　　我在花园门口停住脚步："我在这儿等你吗？"

　　"来吧！来吧！"默瀚轻声说。

　　见他这么自然，我也就自然跟过去。

　　他微笑着开着门说："这就是我的房子。"

"你的意思是你的宿舍。"他笑了，我跟进去。

那是一间很小的房间。入口是一个小走廊，旁边一个简易厨房。再进一道门就是房间了，比走廊高起一块，鞋全都脱在走廊里。默瀚请我脱鞋进去。房间四五平方米，里面还有一个小门，应该是卫生间了。房里落地放了一个床榻，床上的被子松松地摊在上面。有个壁柜，里面堆满了书。靠墙有一个小的台子，放着杂物，旁边是一个架子，也是书与杂物，东一件，西一件。默瀚上课穿的白衣服和偶尔穿的暗红色裤子随意挂在墙上，歪七扭八的。默瀚抱歉地说："太乱了。"他从壁柜里翻出《孤独星球》，是 2001 年版的，有几页还散掉了。"你随便看吧。"在我翻书的时候，他走到外面厨房。

"用点芒果好吗？"

"好啊！"

他又轻声补充道："我们对第一次来家的客人都要招待东西吃的。"

他拿着芒果走过来，坐在我身边。我坐在他的床上。他切了一小块给我，黄澄澄的，很熟。

他问："再来一块吧？"我说好。

然后，他将未吃完的芒果和另一个新的芒果放在塑料袋里。

"你拿去吃吧。另一个留着明天做早餐。"

还没等我反应过来，他又问："你有小刀吗？"

"没有。"

"那我把小刀放在里面。"

这时我已经反应过来，起身说："不用了，你只有这一把吧。"

"不，还有。你拿去吧。"

我只好说："谢谢。"

在走廊里穿鞋。默瀚仍是含着笑站在旁边。我与他拱手告别。他轻声说："明天见！"

　　走出默瀚宿舍，我觉得这一切真的很不可思议。想起下午，默瀚跑到我的房间里来找我，刚才又是这样令人不可预料。我想，也许两国的很多习惯确实有异。我们敏感的地方绝对是错位的。似乎请人去房间，或到别人房间这类最敏感的事情在印度是自然的事情，而相对交谈等，又马上进入"红灯"禁区了。回到房间，我回想刚才发生的一切不禁哑然失笑。

诵经堂的太阳雨

我坐在诵经堂里。早上9时。

这是一个约一千多平方米的露天封闭广场，由铁柱支出了几个固定的棚子。身边没有一个外国人，只有本地的印度人。美国心理学家在分析了中国、美国、印度教徒的基本心理文化取向后曾经指出：相对于中国教徒的情境中心世界和美国教徒的个人中心世界，印度是一个超自然世界。在这个世界里，个人的基本价值取向反映在与诸神的关系上。宗教生活似乎是整个生活的基调。人生正常旅程被规定为"四住期"，亦即，以每 25 年为一阶段。第一阶段"学生期"是 0—25 岁，是处在学习和奉祀的阶段；第二阶段"家长期"是 26—50 岁，要养育子女，施行祭祀；第三阶段"林住期"是 51—75 岁，这时要独自或与妻子住在森林之中，以便过着纯宗教的日子；第四阶段"游行期"是 76—100 岁，这时要在圣地之间乞食兼巡礼。理想的印度教徒是舍离俗世的苦行者。只是大部分印度教徒都不能严格按照"四住期"生活，他们往往就停留在第二阶段了。在印度，人们极其重视祭祀，相信祭祀是万能的。主要的祭祀有两类：家庭祭和天启祭。天启祭是与求天地的大祭。印度家庭平时的信仰行动更是体现在家庭祭上。也就是说，人生的各个阶段如出生、入学、嫁娶或生活中的重要时刻，包括从师、乔迁等，他们都进行宗教仪式，进奉神明。因此，向神祈祷成为印度人生活的一项重要内容。大部分印度人的一天都是以早课开始的。每个家庭中都有不同的神像供奉。一些极端笃信者也会抛弃一切世间繁华，苦行修道。他们来自印度社会各个阶层，各个种族。另外的平常人，也会在人生的不同阶段到圣山朝圣或在生活中有规律地抽出一段时间集中在这样的静修中心诵经冥想，因为这里可以听到圣者讲经，见到智者以请教生活中的困惑。我正坐在这些平常人中间。他们坐在毯子里，手捧经书，跟着讲台上的教主一起吟唱。领诵的是这里德高望重的教主，一位百旬老人，看上去只有六旬。印堂宽大发亮，满面红光，嗓音洪亮，头发灰白，眉宇漆黑。他与他的弟子们坐在一个两米见方的小舞台上，面前两个麦克风，接上场上的高音喇叭。台下凉棚里绿毯子上分男女阵，坐着近 700 人，每个人手捧经书一页页翻着跟诵。专心得一丝不苟。淡漠者有一声，无一声，投入者左手捧经书，右手不时扬上天空释放他的感受。音乐节奏欢快、平和。天空蔚蓝，阳光灿烂，却有瓢泼大雨从树叶中倾泻下来。在一片和谐的歌声中，我坐在太阳雨的光点中，心中充满光明与感动。

诵经声中响起手机铃声。身边男士起身，走出凉棚接电话。这是一个目光炯烁的男子。中年，50岁上下，神情坚毅。这个凉棚是否是印度唯一不分等级而共处一室、共从一事的地方？虽然所有人都身着朴实，但是智慧与身份还是从眼睛的目光、发型的整洁、手指的保养上一览无余。在瑞诗凯诗，在貌似一切重复的生活中，你感到的不是局外人的单调，而是一种感性的包容。坐在这些陌生人中间，听着这些只是音节、音符的轻唱，我心里充满温暖与平和。思维慢慢游荡着，在过去、现在、将来，在中国、印度或其他国度，在工作、职业、抱负，在情感、亲情、爱情，在同事、朋友、合作者中。仿佛生活流中所有卷到的事物都随着思维之波平缓地流淌、穿插、覆盖。走近了，又流远了，相遇了，又离开了。会有阳光，会有云彩，会有雨滴，会有轻风，但都是瞬间之物。它们变幻着，交替着，伴随着你的生活流。人生是流动的，永远新鲜的，永远变幻的。

阿布里

　　快到正午了，我在等阿布里。昨天约好今天去他家吃午饭。

　　阿布里是个开朗、开放又真诚朴实的印度男孩，他渴望新的事物，有现代人对事业、物质的追求，同时又极具责任心。

　　阿布里今年23岁，攻读会计学，同时有一个旅行社。他的父亲曾经是一个静修中心教主的继承人，八岁起跟随教主，但28岁时，决定从俗。他从属的静修中心在印度很有势力，如果当初继续下去，现在会是社会上一位举足轻重的人物。阿布里曾问过父亲后悔当初的选择吗？父亲答道："不，因为有了你们。"阿布里的母亲出身名门，祖辈是印度著名语言学家。阿布里的曾外祖父是印度很有影响力的出版人，拥有印度几大报刊社和出版社。印度的婚姻还是带有很强的包办色彩，父母辈双方对情况满意后，安排晚辈见面，一般也就成婚了。阿布里属于当代青年，不过从他的讲述中，可以看到印度的当代年轻人与世界上的年轻人还是有很大的不同，安分律己多了。

　　阿布里有一个交往了两年的女朋友，我还没见到，据他说非常漂亮。本来请阿布里约她出来与我们共进晚餐，阿布里说女孩子18岁以后家人就不让出门了。印度还是对婚前性行为严格戒备的。阿布里是不能大大方方像与我那样与他的女朋友开车出行的，因为别人会想象为不轨行为。"性"在年轻人中还是禁区，女孩子婚前有了"性"行为，是会给自己和家人造成极大麻烦的。阿布里现在仍是男孩儿身。他不敢与自己不肯定结婚的女子有任何越轨行为，他本身也对女孩的人品有很明确的看法。他认为婚前不检点的女子，怎么可能婚后守妇道。他曾经主动离开过自己深爱的一个女孩子，一位像女神一样美的女孩子。因为他发现她与另一个男孩子有一段情。"不是她要离开我，而是我要退出她的生活。因为我已经知道，我们不会生活在一起。"阿布里对爱情非常真诚、信任，但他又有这个年龄的男孩子难得的理智。"如果我爱这个女孩子，但我又知道自己不会娶她，我必须要跟她说明。这样，无论再发生什么，是她的选择。我不希望女孩子最后说，我已经跟了你四五年，你为什么不能和我在一起。"离婚在印度还是很负面的一件事。离婚女子一般只能再嫁给离婚男子。未婚男子娶离婚女子，家庭是绝对反对的。阿布里说："父母双方都有很多亲戚，如此行事亲戚们都要质问的，这样不好，会给大家带来很多苦恼，还给家里引出很多麻烦。我不希望给我父母带来麻烦。"阿布里是不会做任何让父母烦恼的事情的。

　　种姓也是婚姻中的一个重要环节，即使在当今的印度。印度教徒生来就带着种姓，等级森严。种姓包含了婆罗门、刹帝利、吠舍、首陀罗，也就是僧侣、武士、庶民、贱民四种姓。还有一种为不可接触者。印度的种族制度与印度教中的洁净和污秽概念有关。印度教倾向于把宇宙万物看作是一个有差别的序列，而在这个序列中，自然界、超自然界以及人类社会都是依据洁净和污秽的观点分类定位的。在动物界，牛被认为是最洁净的，鱼类是一般，猪鸡狗洁净度最低。在植物类，菩提树最洁净，棉比麻洁净。在人体中，依头、手、腿、脚而降。河流中以恒河，山脉中以喜马拉雅山为最净。一般来说，洁净度越高，同神的距离越近。在同一类中被认为最洁净者，通常都有神的资格，牛、菩提树、恒河、喜马拉雅山等。这种观点用于人类社会便成为种族划分的重要思想依据。种族隔离正是基于印度教徒内心深处对被玷污的恐惧。混血被认为是最严重的污染，因此建立了内婚制。种姓制度下的内婚制度是很严格的。种姓之间的通婚理论上是禁止的。但特殊情况下，也有等级高的男人与等级低的女人通婚，叫"顺婚"。顺婚是一种可以接受的婚姻，只是视为不体面，但仍可以保持种姓。古时，男人只是在娶妾时才可选择**低种姓**女人。高种姓女人是根本不可能与低种姓的男人成婚的。否则，不仅种姓丧失，在社会上也得不到任何尊重。

然而，在现代的印度，种姓不再是阶级，不再是职业。虽然古印度时代高等级大部分成员来自高种姓，但随着现代社会及经济的发展，法律的引进，民主选举制度的实施，彻底打破了以前种姓金字塔社会结构。政府的职务由各个种姓担任，商旅中也不乏众多非吠舍人群，圣者身份也对低种姓人开放。在各种姓中，有学者，有文盲，有富人，有穷人，有门第显赫者，有出身贫微者。如芭摩特·萘克檀静修中心守门人出身婆罗门，而著名的教主牟尼吉（Muniji）却来自低种姓。

但是，当种姓制度在很多领域松动的时候，种姓制度下的内婚制却仍然被现代人相当严肃地遵守着。

阿布里属于婆罗门，最高等级种姓。他的女朋友也属于同等阶层。

"如果种姓这么重要，那么贫穷的高种姓男子可以用种姓换低种姓

　　女子的高额嫁妆了。"我回应道。

　　"是，有。但是，大家都会讥笑他为钱娶妻，是件很没尊严的事情。"

　　"你会某一天做顺婚吗？"

　　"绝对不会。那是血统，不能乱的。"

　　"如果爱上了呢？"

　　"我见到名字就知道种姓等级了。不会的。"阿布里不容置疑地说道。

　　令我不解的是，当现代青年阿布里斩钉截铁地维护内婚制时，来自低种姓首陀罗种姓的印度现任总理，却坦然地向全国人民介绍他的泰裔妻子，这丝毫没有削弱他在人民中的影响力。他是在担任驻外外交官时，坠入爱河，迎娶了这位泰国姑娘。这种明显的背叛在现任总统身上表现得更加夸张，印度总统本身是位核物理学家，热爱诗歌，当普罗大众还把"四住期"作为遵循的教义，把结婚生子作为通向神明的必经之路时，身为一国之首，来自婆罗门种姓的他可以高声宣布自己的独身主义，而每个印度人都认为这是自然的，因为他将自己奉献给了一个特殊责任。印度真是兼具极端和宽容。在严格的戒律下，是无限延伸的自由。

中午12时，阿布里骑着单骑过河岸这边来接我。为了去做客，我特意穿上一身新买的白色布衣，脚上蹬着一双红色的印花布鞋，脖上系着Kenzo印花绸巾。阳光射在身上，鲜鲜亮亮，我自己也神清气爽。阿布里见到我笑得眼睛都亮了。"你今天真漂亮。"

坐上单骑，阿布里快活地骑起来。阿布里骑车，不像默瀚。他飞钻在行人与牛之间，一路上喇叭在尘土中唱着。身边的牛、三轮车、人总是出其不意地从腿边钻出来，尤其到市中心，更是一个尘埃飞舞的乱市。阿布里带着我"嘀嘀"地往前冲。"小心我的腿！""得令！"一路开到一个店前。这是阿布里哥哥的店。与他沉稳的哥哥聊了一会儿，阿布里带我到店后边的家。这是一座二层的长形房子。楼下一个房间，楼上两个卧室被一条长的露天走廊连在一起。太阳很好，照得阳台光影斑驳。阿布里的白狗在屋顶上叫着，阿布里的母亲、父亲、姐姐和她的孩子在家等着我的到来。我从箱子里找出一双中国绣花鞋带给他们做见面礼，他们传着看，非常高兴。在印度家庭，你能感到一种久违的和谐。从阿布里家中的照片看，供台上长辈们微笑的画像，他父母的结婚照，他姐夫的艺术照，所有都散发出大家庭的亲密与和谐。阿布里的父亲极具尊严与慈爱，姐姐像母亲那样宽容、善良。她的母亲给我端上非常甜的葡萄，又在厨房忙着做了几个类似中国馅饼和几个小菜，放在圆盘上送进客厅。只有我和阿布里用。姐姐是在斋期禁食。由于我与大师的约会时间已至，只好匆匆告别。但阿布里家的洁净、安宁，他家人的善良、和谐，给我留下了极深的印象。我也明白了阿布里对他家庭由爱而生的尊

重与责任。这样的家庭我们长辈时还有，但在我们这辈已经是凤毛麟角了。但它真是幸福的根本啊！

　　印度家庭中的男女是一种很真实、朴素的相依关系。在街上，在人群中，成双成对时，你看不见如胶似漆的激情男女，也看不到表情冷漠的陌路夫妻。他们都带着一种很自然的神情结伴而行，往往身边簇拥着三到五个孩子。男人的态度看上去很谦和，女人很温顺，孩子们很快活。无论是恒河边窄巷中的平民百姓，还是阿南达宫殿里的富家宾客，他们的态度中都有一种一致的和气。看不到穷人的刁蛮，也看不到富人的盛气。这也许就是佛光普照下滋生的修养吧。几天的滞留，我已经感到，印度不仅是个阳光充足的地方，在他们心中也是个一片光明的地方。这恰恰是我来印度所寻觅、渴求的。

光明小屋

光明，我的光明，充满世界的光明，

吻着眼目的光明，

甜沁心肺的光明！

呵，我的宝贝，

光明在我生命的一角跳舞；

我的宝贝，

光明在勾拨我爱的心弦；

天开了，

大风狂奔，

笑声响彻大地。

蝴蝶在光明海上展开翅帆。

百合与茉莉在光波的浪花上翻涌。

我的宝贝，

光明在每朵云彩上散映成金，

它洒下无量的珠宝。

我的宝贝，

快乐在树叶间伸展，

欢喜无边。

天河的堤岸淹没了，

欢乐的洪水在四散奔流。

——泰戈尔

　　我从母亲那得到我准确的生辰，赶去与斯瓦弥大师约会。斯瓦弥答应我将我的生辰八字转给一个星象学家，请他告诉我我的命运。昨天下午在斯瓦弥屋里拜教时，他反复强调：你做的一切都与结果无关。只有命运才与结果有关。而命运在你前几生就已经确定了。你所能做的就是尽义务，做你认定的事情，其他事交给命运。"如果一切都是命运决定，我能知道我的命运吗？""可以，但是我不能告诉你。星象学家可以告诉你。"于是，我给了斯瓦弥我的准确生辰。相信他会找到一个真正的大师为我指点。

　　大师说："我很高兴认识了你。你的身上有一种与生俱来的真诚和善良。神会保佑你的。不要担心。"

　　"可以给您照相吗？"

"我的角色是为神服务。给人们看的，应该是神，而不是我这个人。"

斯瓦弥大师对来中国讲学很感兴趣。他只有一个要求，安排住在一个与人群分开的地方，哪怕非常简陋。像这个小屋一样的一个"世外桃源"。

话音未落，我幡然醒悟。这个一向被我视为净土的地方，这座我一直认为是看门人的小屋的地方原来就是大师的栖居地。一切在我面前变得奇妙。再回视自己从刚见到这个地方到每次在这个地方的感受，回想第三天见到大师请求谈话的情景，我感到冥冥中有一种力量引领我来这里，一种可称为命运的力量。我对瑞诗凯诗的情有独钟，从寻找杂志上的文章，到在印度驻华使馆与瑞姹的偶遇，再有默瀚，这一切好像都是在我已心力交瘁、无力解脱的时刻出现在我的生命中的。印度之旅注定是要改变我的一生的。

大师回房，我怀着无限的感动沿着来的路往回走。从来没有过这么烈烈的日头，直射在头顶，我的汗开始渗出来。突然，我止步。一种迫切的愿望推我折回。我想把这个小屋拍下来。

圣地从来没有像今天这样恰似天堂，又胜似天堂。白色长尾猴在树枝上垂坐，错落有致，树下黑牛徜徉。阳光射在沙子上，银光粼粼。举起相机，一张一张拍着。突然冒出一个乞丐，扔在地上一些食物，猴子们全蹿下来，转眼乞丐又不见了。蹿下来的猴子们也一无所获，但却全蹲坐在地上，列成一个方阵。难道乞丐只是为了让它们全下来为我的小屋画面做布景吗？我感到光明在我身边荡漾。

与默瀚告别

印度之行的第七天，瑞诗凯诗的最后一天。

早上，温和的阳光和着丝丝的微风。默瀚仍是沉静地走进教室，一如既往地坐上讲台。"Close your eyes." 声音轻轻响起。今天来了一些新人，一对欧洲夫妇，漂亮、修养极好、45 岁上下。他们应该是刚刚到达瑞诗凯诗，但似乎已经习练过瑜伽，动作做得很好。上课期间，一直惦记拍照的事情，终于还是不敢打搅别人，放弃了。下课了，默瀚卷起习毯向外走，我到台前本上签到，望向门口，默瀚在门口立住，回头向我笑。我也走出门去。几乎同时，在我迈出门的那一刻，我们笑望对方。"How are you?" 好像一种默契，走出门口，大家已经转变角色。一边穿鞋，一边闲聊。我告诉默瀚今天下午就离开了，他说我们再做一堂冥想吧。"你能穿白色衣服来吗？我要拍照片。" 默瀚笑，点头答应。我们沿着草地向花园外走。罗贝托走过来，与默瀚探讨瑜伽。默瀚又重新心平气和地传导起来。我们约好 11 时半上课。"我把书和小刀给你送到房间吗？"默瀚笑出来，"不用了，带到课室就好。"

走进餐厅，大师傅 Shisu 已在那里。他做的奶茶是我在印度喝的最好的奶茶。Shisu 今年 47 岁，他 38 岁结婚，生有四子。最大的五岁，最小的五个月。我冒失地问："几个男孩？"他懊丧地捂住半边脸，"都是女孩。"我有些尴尬。是啊，他得准备四份嫁妆，多少钱啊！Shisu今天没有休息好，一脸的疲惫，精神也不如往日，连工作服都没穿，只穿着一件 T 恤，一条普通裤子。由于是最后一个早上，我也别无选择请他走进厨房为我摆姿势。他在镜头前娴熟得很，做出很多定性的姿势。拍特写时，我把黄围巾搭在他的肩上，终于镜头里有了亮色。

下午，从圣地赶到瑜伽教室，默瀚已经铺好地毯在等我。他穿着一身做工更讲究，领口有很朴实的绣花边的白衬衫。每次见到默瀚，我的心情都非常愉悦。我知道如果我习练瑜伽，如果我感到冥想在我身上作用如此显著，是因为我的存在非常接受默瀚的气息。我从第一眼见到他就非常信任。我愿意他是我的老师，我希望他是我的朋友，我尝试和他有更多的接触。经过这一周的相识，我们之间似乎产生了一种沉静的交流。我知道，我们会成为非常贴心、非常默契、非常和谐的灵魂知己。上天在我最烦躁绝望的时候送上如此宁静、平衡的他，是不会给我收回去的。

今天默瀚教给我如何掌握用鼻子双翼的呼吸来改善自己的循环系统。默瀚告诉我，人的呼吸从来都是分左右翼不同的呼吸强度的。在印度文化中，左翼是阴，右翼是阳，两翼在一天之中是不断转变的。有时是左翼呼吸强，有时是右翼呼吸强。当主要是左翼呼吸强时，它让你的身体更安静，新陈代谢减慢，大脑更平静，而当右翼呼吸强时，则会加快新陈代谢，让你的身体处于亢奋的状态。所以当晚上要入睡时，可以尝试堵住你的右翼深呼吸，这样睡眠会很沉，因为你的身体很平静。如果需要唤醒精神时，则正相反。默瀚还说到了一个非常好的减肥方法。饭前饭后堵住左翼深呼吸 21 下，可以有效减肥。据默瀚介绍，这是冥想中的一个呼吸方法，可以强制使用右翼呼吸道，也即，使身体的循环加强、加快。每次饭前饭后，以同样方式做 21 次，可以达到减肥效果。"咱们的学员索菲亚妈妈如法习练两个月后，减了七公斤。"在以后的旅程中，我经常按照默瀚的方法，堵住左边鼻翼，五次很强地往外吐气，一次深呼吸，共做 21 次。之后，我会将双掌合拢放在鼻前，感受呼出的气更多落在右手边，左边感到的气息极弱。确认我的右翼呼吸道在运用后，我每每会放心地大吃大喝起来。

冥想给了我太大的收获。我越来越庆幸当初坚持让舒巴奇给我找冥想老师这件事。也真是神旨，最后竟然是默瀚。

默瀚随后教授的内观方式，让我对自己产生了怀疑。我被要求面朝上躺下，闭上双眼，去看我的全身。从脚趾到手指，到背。默瀚在身边坐下，轻声指引："你的脚趾，膝盖……"但在我眼前晃动的只是概念中的四肢，而不是我的四肢，虽然我对自己的四肢了如指掌，虽然我的四肢有与他人不同的地方。默瀚也有些诧异，但他不露声色静静地说需要精力更集中，"你多练习，这对身体非常有好处，因为这是唯一一个让头脑清楚，让身体沉睡的冥想练习。当你注视你身体的某一部分时，你的能量就集中在那里，能量有目的地一个一个被送过全身，对循环非常好。目前，你只是在尝试观看你身体的外部。到一定时间后，你会开始看你身体的内部结构。""不需要医学知识吗？""不需要。"默瀚告诉我，他可以看到自己身体的内部和每个细节，感觉好极了。我跃跃欲试。

课上完了。"拍摄时间了！"默瀚笑着应允。默瀚笑起来太干净了。

我请他重新坐在台上，像面前有学生那样开始。"不要管我。"默

瀚听话地走上去，有些不知所措。我对拍摄使我们角色倒置后的关系感到很开心，有点不习惯。我小心翼翼地提着要求，默瀚一一照办。这时的默瀚像一个出镜的新人。光线还是不太好，我只好抱歉地请默瀚来到外面的花园。默瀚随和地跟我出来。找到草坪上一块阴影，我请默瀚坐下，又调了一下位置，然后请默瀚像上课那样念念有词。默瀚试了一下还是禁不住笑了。"集中精力，不要想我。"这回轮到我请他集中了。

默瀚终于合掌开始喃喃他的"课文"。强烈的阳光下，树荫下端坐的默瀚被罩上一层非常柔和的光。默瀚的眼睛直视前方，黑色、平和、凝静得像一座雕塑，皮肤浅铜色中透着光腻，一袭白衣在树荫中显得那么洁净和谐，梳后微卷的黑发使前额显得更加平滑、宽阔，有种包容一切的气势。我在镜头里端详着他，心里流满了温情。

一阵快门后，我结束了工作。"你真的很好看。"默瀚轻轻笑了，有些羞涩。我请他一起用午餐。

为了节省时间，我们就在 Blue Hill 网吧对面的餐馆坐下，我请默瀚点菜，他认真地询问了我的口味，写下菜名。菜送上来，一个是蔬菜与黄粒米饭掺拌，味道很好，一个是炒面与咖喱菜相配在一起。默瀚总是很轻地左手托起盘子，右手往我盘子里拨饭。如此，从头到尾。我们谈着很轻松的话题。默瀚对中国很感兴趣，他也很想到中国看看。他问起香港的情况，给我谈起印度开放政策方面的极大缺陷等等。默瀚自然地询问我信的是什么神。我说我没有神。默瀚觉得不可思议，"每个人都有他的神。"可我确实没有。默瀚想知道，碰到困难向谁求助，是啊，向谁求助，向自己求助，还能向谁。默瀚看我的眼神充满同情。我真的这么可怜吗？"不，天底下没有神，只有自己靠自己最保险。"默瀚不再多言。

午饭后，我该取行李出发了，阿布里在河那边的停车场等我。回到中心，默瀚问需不需要帮我拿行李，我说："有人拿当然好。"这时，阿布里突然在身后叫我，他直接到这边接我了，还有他的哥哥。于是默瀚不动声色，与我合手告辞，我也合手致意。我们交换着客套的言辞，真诚地对望，尽在不言之中。

坐在开往哈瑞沃尔的车里，车里响着欢快的印度音乐，身边是喧嚣的阿布里和他哥哥。车开进一片树林，小路蜿蜒，路边的树丛不断向两边散开。我的眼前是默瀚微笑的眼睛。我知道我一定会再见他的。

德里 24 小时

　　坐在哈瑞沃尔通向德里的火车上。列车开过一片田野，夕阳把它们照成一片金黄。在这个陌生的国度，一天会发生这么多的事情。让你对时间已经有了很多错觉。看着外面金色的田原，耳边有广播里的欢快音乐和孩子的哭闹声，我的心里充满了感动。似乎有泪往上涌。生活在你的周围，又隔着一层窗户，一个民族，一份陌生。

　　午夜，火车到达德里。刚出火车站，我就已经怒火朝天。德里是个很躁动的城市，围上来的人一个个凶神恶煞，与我刚刚离开的瑞诗凯诗的人群似乎是彻底不同的两个人群。刚下火车，已经想赶快离开这个城市了。一个"利虫"追着我，不遗余力地要向我推荐一个饭店。我向他怒吼，"离我远点，我不想要你的任何建议。"火车站前就是所谓的著名的大集市巴扎区，黑乎乎，乱哄哄，街道凹凸不平，人群散乱。庆幸没有听托马斯的话，拉着行李穿街进入其中一间。还是罗贝托的建议有道理，建议我待在新城康诺特广场附近。开出巴扎区，见到一个被灯光照得非常壮观的历史建筑后，城市街道规范起来，我的心情也略为平静。饭店很像长沙这类城市的三星级宾馆。习惯了恒河的水声和微风中的清香，德里饭店里的莫名气味和死一般的寂静让人很不适，这个城市无法给我安全感。

眼前浮现起刚刚离开的那块圣地。斯瓦弥大师沉思的橘色身影，默瀚亲切清澈的笑容，也许宗教是能澄化万物的。

早上出门，让摩托出租带我去市场，结果是把我带到旅游专卖店。辞掉一个再换一个，几个下来，仍然是只有我一个人的游客店。到了第四个，我扭头就走，坚定准确地要求车夫："请你立刻带我去火车站前的大集市。"

昨夜嘈乱的大集市在白天倒是显得生机勃勃。几公里长的街道，两边是琳琅满目的摊点，印度风情尽现。一个印度香专卖店隐在一群服饰摊点中间。走进四平方米的小铺，带着泥草气息的各种香味袭进鼻子。凝神看过来，名目繁多，包在印刷艳丽但质地很差的纸盒里，20 卢比、30 卢比不等。除了常见的炷香之外，还有很多是小锥形的。我拿起一个 MADHUBAN 的香盒。盒面上是浪漫的月下幽会图，盒里一共有 36 个锥香，分别是玫瑰、松枝、茉莉、莲花、草莓、百合等 6 种花型。拿起放在鼻下，隔着玻璃包装纸，闻不出细处，只感到有一种蛊惑钻进心里。另有一个扁平如邀请信的纸袋，透过玻璃纸，看到整齐排列的一袋袋细香，都是 30 厘米长，袋上印着不同的花名，共 18 种。我在店里耗着，一一看过来，一一问过去。最后，带着对印度香的无条件信赖，带着满身的熏香，我将入眼的艳盒，一股脑丢到柜台上，最后竟然拎着一大袋走出来。

　　布里杰是个 17 岁的漂亮男孩。他家的摊点是色彩艳丽的拉贾斯坦
服饰，放眼望去，晃晃的镜片镶嵌在裙摆上、背包上，很多旧时代的礼
服也陈列在墙壁上，岁月没有掩盖住热烈的绣片和镜饰。一套少女礼服
窈窕地挂在半空中，七分袖，一排细细的纽扣将绣衣连在胸前，裙子是
五分圆摆，风吹下已经划起弧线。套服是暗橘色的绸，上面绣满了同色
调的图案，圆圆的镜片在花丛中闪烁，有着含蓄的炫耀。衣服沉甸甸的，
像是承不住美丽。拿在手上，已经能够想象女儿的俏丽。又为自己选了
一件粉色绣衣，半端起的肩，有一点像马科斯夫人时装，过时得很。只
是一丛丛绣线组成了斑斓，让我向往阳光下与白裤搭配，鲜鲜亮亮地在
平台喝咖啡的情景。林林总总的商品中间是一个小供台。布里杰收完钱
后，将钱叠放在手心，举到供台前，致敬行礼。他说，神带来贵客一定
要知感恩的。

　　回到饭店，没有太多兴致参观这座城市，希望马上离开。翻阅《孤独星球》，从新德里去乌代浦尔最顺路，只需 35 分钟飞行旅程。我到前台订好明天的第一班航班后，顺便请饭店联系城市半日游。走马观花，有个印象即可。

　　离参观还早，在房间算账，发现十天里已经花费近 800 欧元。这次旅行随身携带 1500 欧元和一些零碎的美元。以后的旅程我更想享受一些独特的环境，所以不会在价钱上考虑更多。开始安排乌代浦尔的旅店，《孤独星球》上介绍了许多 300 卢比（48 元）左右的旅社，还有世界著名的湖宫饭店（Lake Palace），200 美元一晚。我最后选择了 1500 卢比的乌代·蔻绨（Udai Kothi）饭店。书上说，它有精心装饰的房间和床榻。尤其最吸引我的，是它那所谓 360° 城景的屋顶平台及全城唯一的楼顶游泳池。我很想顶着星星裸泳。当你能够用 30 美元购买 200 美元的待遇时，享受是绝对的真理。

　　下午 2 时，坐在大堂等候城市半日游。一位印度人谦恭地走到我面前，"Miss Yin？""Yes.""我是您的导游，请跟我来。"门口停着一辆白色卧车，车后座坐着一位很胖的阿拉伯妇人，不说话，只微笑。导游介绍说:"这是阿米拉,来自埃及。"于是,"三大文明古国"驱车前往景地。

一千年来,德里一直是印度的首都。印度历史中有过无数次的外族入侵,印度文明中极度的包容性,都可以从这座城市的建筑中一窥其奥。

南城为新德里,由英国殖民政府所建,是印度的政治中心。整齐的街道,宽敞笔直,建筑严谨,绿树成荫,却看不到生活。城市大得惊人,是平铺四处延展开来的那种大,并无高楼林立的商业街区。印度门形似巴黎的凯旋门,耸立在一片几乎望不到边的大草坪上,一条如长安街宽阔的大道穿过门洞直伸向不远处印欧风格的宫殿式建筑——总统府。距印度门不远,就是新德里的商业中心区——康诺特广场,环形的廊柱建筑,里面是一家又一家所谓的高档商店。

北城为旧德里,是历代王朝的古都。13世纪初,莫卧儿王朝第一代

皇帝巴布尔，经过不懈激战，终于完成对北印度的征服，定都德里。建立了印度历史上著名的莫卧儿王朝。莫卧儿王朝是最早统治印度全境的回教帝国，自 1526 年始的 300 余年间，在军事、政治、艺术等各方面，成就璀璨，尤其在建筑艺术方面更是建树众多，而其最光辉的展现就在德里。德里古城城址至少有七个，散布在从北到南的三角形地区内。作为 17 世纪到 19 世纪穆斯林时代的印度首都，遗留下很多清真寺、城堡古迹。城里黄牛当道，人流如织，庙宇林立，完全像一部老电影里的景地，尽显古老繁华。不禁感慨当年新都建造者的英明，他们在旁边建起新城，将这座旧城彻底保存下来，为我们留下了这幅活动的印度史画。

车子按照旅游线路在新旧德里间穿梭，似往来于时光隧道。麦当劳里披着传统纱丽的妇女，水泥反光的现代建筑与饱经沧桑的庙宇神龛，风驰电掣的本田轿车与高视阔步的神牛，清晰可闻的手机铃声与深沉凝重的祈祷声……组成了这个城市奇特的、近乎不真实的画面。

一路上，"三大文明古国"操着自己口音的英语，经常是所答非所问，一团无功的忙碌。"印度"以他的套路介绍着，"埃及"抗议路上见到的牛对交通秩序很有障碍，"印度"告诉她之所以没有马是因为马的主人

下午把马都圈在路旁，好让它们休息。作为"中国"，我对印度首都的印象有先入为主的抵触，所以只是像个真正的旅游团成员，跟着走，跟着听，冷静地见习印度历史遗迹。我们参观了有红白砂石相间、从底部到顶部如层层波浪上涌的世界上最高的独立式石塔——库特布高塔，造型独特、外墙粉红粉黄的印度教神庙——拉克西米纳拉因庙，朴实庄重的甘地陵以及有印度"紫禁城"之称的德里红堡。在有限的参观里，只有在加米清真寺——印度最大的清真寺，令我受到震动。加米清真寺是17世纪著名的莫卧儿王朝黄金时代的建筑，是印度最大的清真寺。它是一座城堡式的建筑，采用了印度—波斯混合风格。每个角上都有绝对印度式的圆顶棱堡，红白大理石相间。主要的进口两侧是波斯风格锐利的锥形圆柱尖塔，高达40米，可以说是全德里最显眼的地标，也是莫

卧儿时代德里的象征。整个清真寺坐落在高墩的围墙上，砖红色围墙与邻接的红堡相呼应，居高临下，气势磅礴……围墙内是能承纳 25000 名信徒同时祈祷的硕大的、如广场般的敞院，敞院中心有一方池水，供祈祷沐浴之用。四周环绕着连拱廊，正对池水的连拱廊比其他的深很多，据说是靠近麦加方向的。每到穆斯林祭典时，各地的穆斯林教徒皆会前来膜拜，寺院的周围人马杂沓、水泄不通。在清真寺参观是要把鞋全部留在外边的。灼日下，我赤足在环绕四周的连拱廊和广场中奔跃，跳着领略了古代印度中伊斯兰教的强势和整个民族的包容。

　　五小时后，"三大文明古国"在烈日炎炎下打道回府。

　　旅居德里四年之久的苏格兰作家威廉·达尔林普尔曾在他的《精灵之城》一书中，记录目睹的德里景象和耳闻的德里掌故，文字穿梭在历史与现实之间，述说印度人眼中的精灵之城。在他的书里，德里被描述成一个冲突不断并充满恶作剧精灵的都城。在一次次的临难中，如火鸟般浴火重生。城市之游后，我对书中的描述没有产生共鸣，估计自己的历史学造诣太浅，或与这个城市真的无缘。

　　早就耳闻德里大学是印度最高学府，趁着暮色，叫上摩托出租，来到城边的德里大学。德里大学所在的区有些像我们北京的海淀区，所谓的学院区。进入这里，德里的喧嚣被滤掉很多，更多的绿色，更多的宁静。德里大学没有显赫的校门，宽敞的停车场后，是一个很大的花园，宿舍区、教学区散布在花园后边。正值晚课时间，草地上的学生三五成群，有的备课，有的闲聊，也有几对情侣躲坐在树荫下。校园并没有我想象的规模。遇见桑杰，他是软件学院的学生。想起当年在北京高考时挑灯夜战的经历至今还心有余悸，所以，我很好奇作为印度最著名大学之一的学生，桑杰是否也经历了这类磨难。然而桑杰轻松的叙述让我咋舌。

　　印度的高考是场马拉松式的磨难。印度的中小学教育实行"10+2"的学制，即小学和初中十年一贯制，高中两年。从十二年级开始，学生要通过各门功课的会考，会考的成绩要记录在案，供大学录取时参考。十二年级毕业时，学生再参加全国统一毕业考试，取得一个百分比成绩，

百分比一般计算到小数点后第二位。百分比成绩的计算是将考生五门科目的总成绩除以五门科目的总分。例如，文科五门科目的总分是 500 分，若考生总成绩是 450 分，百分比成绩就是 90 分。有了百分比成绩，考生就可以报考大学、选择专业，每个考生报考大学以及选择专业的数量没有任何限制。一般来说，若考生百分比成绩达到 75 分，上大学就有希望，但要到名牌大学百分比成绩至少要在 90 分以上。

在十二年级整整一年里，桑杰每天清晨六点钟就背着沉重的书包上学了。中午一般不回家，在学校里用餐。下午五点钟放学后，除完成当天老师布置的家庭作业、复习功课外，还要阅读大量参考书。每天都要挑灯夜读，不到 12 点钟不睡觉。由于希望上名牌大学，桑杰还需要增加课外辅导。家庭教师费用太高，桑杰参加的是辅导班。印度的辅导班供不应求，以至有的辅导班凌晨四时就开课，桑杰不得不在三点多钟就起床。全国统一的毕业考试在五月初，六月初网上发布考生的百分比成绩。在公布成绩的那几天，网吧天天爆满，心急如焚的家长和考生排着长队在网吧外等待。平时网吧通常在晚上 11 时停止营业，但这期间每每营业到凌晨 2 时。桑杰的百分比成绩是 93 分。他的第一志愿是世界闻名的印度理工学院，但是那年印度理工学院本科共招收 2400 名学生，报名考生达 20 万之多，录取线百分比成绩是 98 分。

印度理工学院是 20 世纪五六十年代，印度总理尼赫鲁依靠联合国及英、美、苏、德等国的援助，以美国麻省理工学院为样板，集中力量兴办的五所具有国际公认一流水平的学院，以造就世界一流的软件人才闻名。学院荟萃印度最优秀的学生，聘请各国知名学者授课，各个学院有许多课程更是由"业界老师"所开设，如 IBM 公司的"电子商务最新应用"、摩托罗拉公司的"通信软件"等，理工学院毕业生的质量可与美国麻省理工学院和法国巴黎综合技术大学相媲美。学生毕业后，被

国际各大公司争相录取，其中 80% 流入美国。目前，美国硅谷的工作
人员中有 38% 是印裔，大部分都是来自此院。可以说，印度理工学院
的文凭是"金领"人生的通行证。现在，不仅印度学生，包括亚洲地区
其他国家的年轻人也纷纷参加到该学院的入学竞争中，希望在此深造。

　　印度理工学院在印度国家发展中起到了一个神奇的作用。它培养
出来的软件人才成为推动印度经济发展的强大动力。仅十年时间，印
度软件业已将日本和欧洲远远抛在身后，成为仅次于美国、雄居世界第
二的软件大国，硅谷 2000 多家高科技企业中，40% 的企业领导人是印
度裔。近几年，印度软件业的年增长率均在 50% 以上。在全球被评为
软件能力成熟度 5 级的 40 家企业中，印度就有 29 家。同时，印度获得
ISO9000 质量体系认证的软件公司也是全世界最多的，印度人把软件业

做成了一个大品牌。美国很多 IT 公司大量裁减本土工作岗位，而到印度去雇用廉价的技术员工。现在，在 IT 领域已经很具竞争力的印度人，正在进一步进入金融服务业等美国现代经济的核心产业。由于时差关系，把业务转移到印度的美国服务类公司很多业务可以 24 小时运作，大大提高了效率。专业机构估计，2008 年，美国将有约 50 万个金融业岗位转移到海外，其中印度将成为首选地。基于这一切，有种论调说，如果印度有一天跨入富国行列，那么它将是第一个利用脑力资源，而不是凭借自然资源优势实现这一跨越的发展中国家。

从德里大学回来，清凉过后，我来到导游推荐的"ESSEX"，据说是德里很有名的餐厅。餐厅在城边，原以为会是一个非常浪漫的地方，能够看到德里时尚的一面，结果只是一个中产阶级餐厅，像北京的"顺风"。老得掉牙的美国 20 世纪 80 年代恋曲，周围"社会中坚"分子的底气十足的讨论，还有久驻印度的外国人与印度客户游刃有余的应酬，更多的是男人的世界，女人们或是随家庭前来，或是以商务身份。

我一个人坐在这里很扎眼。头盘上来了，是一个叫作 KEBAB-E-SUBZ 的菜，离开瑞诗凯诗后，我听从斯瓦弥的劝告，在努力保持做"素食者"，尽管"ESSEX"的菜单上有长串的羊肉和鸡肉。KEBAB-E-SUBZ 是一个小的蔬菜拼盘，煎过的豆腐上粘着几片香叶，切成鱼状的柿子椒，皮面上烤得有些焦，叶面里包着咖喱米粒和香料，土豆旋成指环形，里面是淀粉类的东西，很香！

每个桌上都是一群一群的人，或是家庭聚餐，或是商务晚宴，国际人士居多。在喧嚣的人声中，人影变得婆娑模糊。我的思绪飘走了，我又想到瑞诗凯诗，想到那里的宁静，那里的月明星稀，那里黄牛挡道的拥挤的小街，那里餐馆无声无息及时把食物送到你眼前的侍者，想起默瀚的笑脸，斯瓦弥大师慈祥探寻的目光，想到已相识的乞丐的热情问候，想到诵经堂的吟唱，想到那场太阳雨以及圣地白色的长尾猴，我要逃离这座城市。

我还想到在北京的朋友，将要共事的合作伙伴，想起女儿笛笛，想起狗狗鹿鹿。以往热衷的社会已经让我感到疲惫，我知道，我不会去单纯追名逐利了，我要享受自己的生活，享受自己的感受。其实，豪华与丰宴，哪能抵上一个心情。我感到自己很安心、很充实，我的心里充满感动。

晚上回来的路上，看着德里街上的车水马龙，庆幸自己明早就能逃离这里。我想，我们每一次旅行其实都带着一个心结。我们在异乡寻找的也是与这个心结呼应的景、人、事、物。印度之行对我来说是一次心灵之旅。我寻求的是在这个有些浑厚气场的陌生国度获得心灵上的一些启迪，或者帮助我用另一种眼光看世界，用另一种思维看生活。在瑞诗凯诗迷醉，是因为瑞诗凯诗的人、物、景与我的心结相扣无痕，像是冥冥中的拉配。而德里的纷乱嘈杂、穷凶极恶正是我要在旅行中逃避的东西。我不想再在德里花费任何一天时间了。我要逃到其他地方，让我保持着瑞诗凯诗的给养，解开我的心结。

德里的经历让我很担心回国后，回到北京，回到工作，回到每天必须面对的生活，心中的感受会像现在在德里一样烦躁不安。于是，我开始认真希望能够请默瀚去中国，再和他一起修炼瑜伽和冥想。我知道，默瀚如此纯净的气场会让我受益无穷的。

给斯瓦弥、默瀚各写了一封邮件。我很想念他们，想念和他们在瑞诗凯诗的静交。

乌代·蔻绨饭店和辛格夫妇

　　乌代浦尔拥有"印度最浪漫的城市"的美名。古城倚城墙沿湖而坐，山光湖色，骄阳灿灿。城市内，皇宫、寺院、府第、花园由丛林般的小街盘连在一起，各色工艺品小店、文具店、服饰店、网吧沿着高低起落的街道排在路旁。房子全是一致涂成白色，有的白墙上还绘有鲜艳的神话故事。女人的纱丽颜色鲜艳，图案绚烂。从德里的喧嚣杂乱降落到这个彩色美景里，我心花怒放。

　　汽车停下。"乌代·蔻绨饭店！"

　　真是到了人间天堂！乌代·蔻绨美得叫人窒息。我从来没有想到能够在乌代浦尔有这样的享受。简直像在伊夫圣洛朗的香水广告里。蓝天下，一座四层白色建筑，描画镶嵌的窗棂，跳跃着的棕色长尾猴。

　　形容房间的装饰"美丽"等是不能再谦虚的字眼。简直像是从《ELLE

家居廊》杂志上面直接走下来的。雪白的墙壁上，画着仙境的神话故事，淡绿色的丝质床卧上，从尖端竖立着两个方枕。床是一个雕着简易图案的铁床。四角立起高高的四根铁架，撑开白色的绣花床帐。对着床的是一扇落地大窗户，望出去，湖中的白色古堡，环湖的山岳，尽收眼底。房间地面是白色大理石制成的，脚踏上去清清凉凉。床脚前，铺着一块老的剪毛地毯。卧室右侧延伸出去，是一个呈菱形的三扇平窗，形成180°角，透进无限美景。

乌代·蔻绨饭店的屋顶是一个梦。一池蓝水，与天呼应，一排八角廊，雪白玲珑。彩雕的窗棂将乌代浦尔最著名的美景——框在里面，做成一幅幅游动的画，步移景易。景廊里是一致的白色坐榻、白色靠枕。掺麻的布质，靠在肌肤上很惬意，一台木桌放在榻中。我选中一方景廊，面对乌代浦尔的湖光山色，遥望一处处华贵的皇宫，决定要一直守到天黑，见到日落西山。

迷迷糊糊在观景台睡着了。醒来时脖颈渗出一些汗。太阳还是高高的，只是往西挪动了一些。我站起身，向着那方蓝水走去。一脚跳进去，冰凉的水涌到脖颈。好个凉啊！

　　下午，日头已经落下了。我突发奇想，想租自行车逛逛周围的小店。骑上车，如轮下生风，一路蹬下去。傍晚的风已经带了一点凉意。在夹道中的声声 "Hello" 中，在不停反应左式行车方向中，我仰着头，脖子上挂着相机，春风得意！好满意自己这个 30 卢比的选择！沿街过桥，我慢慢感到不对，眼前的路越来越生疏了。只好往前骑，骑出内城，骑上大道，卡车、轻骑开始喷着烟从我身边、左边、右边、对面冲过来。我真是只有躲闪的份了。冲了一段，终于明白，我是应该永远向牛啊、狗啊看齐。一是走它们的位置，二是它们周边 50 厘米属安全地带。大路走完，被只言片语的英语指点到小街上。这下惨到家了，是个会动的就挤你。周围的土，周围的烟，周围的人声，除了这些空气中的元素外，路面上永远是多重障碍。蔬菜摊可以摆到路中央，自然就有了两边的人流和车流。还有恣情惯了的牛啊、狗啊、猪啊，就地喝，就地躺。我像考杂技团般，车把就从没有直过。走过艰辛能到家也就不计较了，偏偏反复走，越走离目的地越远。夜幕彻底降临，我周身冒着汗，鼻子里喷烟，喉咙火烧般干，周身上下臭烘烘的。印度真叫人多啊！怎么就能任何地方、任何时辰，永远黑压压的一片。最后，又被指回到经过了两次的岔路口，我彻底被这种市井生活击垮了。叫了一辆摩托出租，绑上自行车，钻进去，打道回府。走上回家的路，真庆幸啊！我是永远不会自己骑回来的。没想到雄心勃勃地要返璞归真，结果是如此落荒而逃。

晚上，乌代·蔻绨饭店的平台更是迷人，尤其是被乌代浦尔街道彻底冶炼过后，更是珍视眼前的平静和特权了，这与半小时前的世界完全是天壤之别。点点烛光中，远处的城壁在灯光照射下，万般风情。平台上，张张大理石台面的桌上，烛台、鲜花还有头裹红布的少年的笑脸。飞扬的尘土，喊声不断的城市，似乎被深深的夜幕彻底压下去了。这个城市又妖媚起来。在这个城市要待在上面，即离地面十米以上的地方，做上等人。

　　乌代·蔻绨饭店的主人是一对近 40 岁的印度夫妇——辛格夫妇。夫妇二人都没有建筑和艺术专业背景，看上去也只是实实在在的普通人。辛格夫人不施胭脂，总是在屋顶平台的一角，静静地查看一切，偶尔会和客人打个招呼。第一次见到她，我不知道她是一位女客还是一位工作人员。总之，她谦逊朴实的举止让我很难与"拥有者"的地位联系起来。辛格先生与夫人有着一致的气质。我是在前台的时候，见到他偶尔指示工作人员时看了他一眼："您也是这个饭店的？""我是这个饭店的老板。"

　　乌代·蔻绨饭店美如神话。它无可挑剔的地理位置，独此一家的屋顶泳池，装饰讲究的房间，干净唯美的卧具，谦恭细腻的服务，可口精致的餐饮，都使它能与世界上任何一家五星级饭店媲美。不过与辛格夫妇交谈，你会发现他们带给你的惊喜比饭店还多。

　　首先，这个极具古典风格的建筑是两年前在一片垃圾地上建造的，辛格夫妇看上这个地方，想买下来建饭店。这里是乌代浦尔一个湖湾处，一指长的土地伸展到湖里，可以遥望整个古城的著名景色。

　　乌代·蔻绨饭店是家庭作坊式操作。饭店设计施工是由先生负责，花园、内饰、餐厅由夫人负责。辛格先生到国内各地旅行，带回了成箱的图片，然后，他把他最喜欢的部分挑出来，自己设计，由建筑设计师落实在图纸上。随后，由辛格夫人把建成的楼变成一个家。为了这个饭店，他们向银行贷款了65万美元。现在，雄心勃勃的辛格夫妇又准备在花园处再建15个房间。开业以来的四方游客极大地鼓舞了他们，饭店即使在淡季也是宾客盈门。

　　辛格夫妇有一个儿子，12岁，在当地最好的私立男校读书。他们每月能见到两三次儿子，计划等儿子读大学时送他去英国。

晚上，躺在四边垂下白帐的床上，帐外是中速转动的风扇，声音很轻。卧具散发出淡淡的清香，一切是那么安逸。我按照冥想的方式，聆听自己呼出的声音，慢慢平静下来。中间，我又用右手堵住右鼻翼。吸入的声音很轻，有了些勉强，呼出的声音很均匀。我吸腹轻轻将气推出，听到很清晰的鼾声，同时脑后似乎几毫米地往下落。不知过了多久，我睡着了。

水晶宫殿

清晨，感到阳光照在脸上，睁眼看，窗外已经阳光灿烂。8点差一刻。这是我印度之行第一次在早晨6时半以后醒。我蹿起来，冲了个澡。跑出饭店，8点差10分。昨天订了8点的城市一日游，集合地在离饭店较远的地方。

老天保佑我赶上了城市一日游。5个小时的游览，5个地点，包括门票，一个导游。我庆幸自己从《孤独星球》上看到这个信息。城市游是在景点聚集的城市里最好的旅游选择。它可以保证你在极有限的时间内扫描城市全景。然后，在初步认识的基础上，有重点地进行个别细访。经济上也是最理想的，乌代浦尔的城市游全程下来，75卢比（12元），而我从饭店到集合地，就已经需要给小三轮摩托40卢比的出租车费。算下来，我至少省了近20倍的价钱。

导游宙汉是个满脸笑意的中年男人，说着不错的英语，导游起来非常老道。同行的是六个印度人，他们来自印度的另一个省份。

乌代浦尔建城时间不足 500 年，人口不满 40 万。1559 年，乌代·辛格建造了乌代浦尔这座美丽的城市，极尽异想天开。马赛克的精致图案，交错贯通的街道，满目由质朴到奢侈的不同的宫殿和庙宇，美轮美奂。几个世纪过来，乌代浦尔的美色被分别冠名为 "日出之城" "东方威尼斯" "寺庙之城" "美湖之城" "美丽之城" "圣爱之城"，等等。但直至 20 年前，007 影片摄制组以乌代浦尔为《007 之八爪女》的主要拍摄场地之后，乌代浦尔从此便在全球声名鹊起。

我们到的第一个地方是 Rock Garden，一个有漂亮的喷水池的地方。背后有一堵古老的红色石墙。喷泉静悄悄的，没有水喷出来。宙汉让我把手里的东西放下来，站在一列喷泉正前方，扬手在天空中拍下去。我有些不解，但还是照办了。就在第三下响起时，忽然所有的喷头喷出水来，水蹿出有两米多高。我诧异极了。宙汉说，这是天意。我倒真想相信，可怎么可能！几分钟后，水帘落下去。我等了一下，又站到原地拍手，一点效果没有。出公园时我已经和宙汉熟起来。问起来，他诡笑地说："这是我的小把戏，我付钱给公园的人，在你拍完第三下时，就放水，为了博你一笑。"宙汉告诉我他的侄女后天结婚，如果我愿意，他很乐意请我前往。我欣然答应。

位于城西的碧丘拉湖是这座城市的魂魄。蓝天白云下，一顷湖水如长画舒卷，向远山延伸而去。当年乌代·辛格在此建城，正是被这湖水魅惑。建城时，他将湖面扩大，为今天的 12 平方公里湖面奠定了雏形，并在湖畔精心设计修建了拉贾斯坦省最大的宫殿建筑群——城市宫殿（City Palace）。

城市宫殿高耸于湖畔，是城市中最辉煌的宫殿。宫外草木扶疏，湖

水相伴，宫内宝石镶嵌。宫殿由印度历代大君合力而建，设计上力图表现惊人的一致。整个建造始于城市的建设者乌代·辛格二世。宫殿有八个石刻大理石拱门，由北门而进，从 Baripol 和 Tripolia 门而出。宫殿广场上，有一排一米高的石墙。盛大节日时，在此举行赛象，两头大象分立两边，长鼻纠缠，周围是挤在看台上欢呼的人群。参观宫殿里的房间，让人感慨乌代浦尔的浪漫不是浮于湖光山色上的，宫殿内部是闪烁的，所有的墙壁都是用玻璃镜片或马赛克镶嵌而成，色彩艳丽丰富。象形图案居多，莲花造型比比皆是，无数的房间由很多细窄的走廊连在一起，没有以往皇宫的磅礴，却极尽妩媚和缠绵，像是梦里的场景，仿佛能够

抖出一些孟浪的笑声。Kanch Ki Burj 是后宫中的浴室。浴室的天穹由无数白色长形镜片组成，天穹下的墙壁上镶嵌着很多大小不一的镜子，由红白相间的镜片组成曲线图案映衬出来。点燃一支红烛，满室斑斓。站在第一个门前，尽目望去，一个个相同的门框延伸下去，像是景深的延展。参观时，最尽头，一个着装讲究的印度人端坐在椅上读书，刻意地绘画效果。宫殿内的摆设也是极尽奢华。宙汉介绍说，宫殿的主要部分被列入博物馆作为收藏。其中，最令人目眩的是 Fatch Prakash Hotel 的水晶陈列。1877 年，这套稀有的 Osler 水晶由印度大君 Sajjan 辛格从英国订购，囊括水晶桌、水晶椅到水晶床等不同品种。

贾格迪什寺院 (Jagdish Temple) 是乌代浦尔城内最大的寺院。坐落在老城的中心，离城市宫殿几百米远。这是一座 17 世纪的建筑，全部由白色大理石建成。狭窄的石阶陡峭地伸向七米高处的平台，平台与石阶相交处是两尊举鼻天鸣的大象雕塑。走进窄门，是一个影壁似的白塔。塔后是一个两层寺塔，塔壁上雕满了象群和人群，栩栩如生。寺内坐着很多穿着纱丽的妇人，在听一位白须飘飘的老者诵经，我悄悄地坐了一会儿，宙汉就上来催我上车了。

到了下午 3 时，参观已经结束。我很满足地与宙汉告别，约好晚上去他家喝茶。

宙汉和拉狄斯，以缘分的名义

　　跨过乌代·蔻绨前的小街，走进一扇门，宙汉家就在院子的左边。
一座二层小房。见到宙汉的妻子拉狄斯。拉狄斯不工作，理内。宙汉的
家从卧室到牛棚都是我见到的最干净的。厨房里，灶具，灶台，角角落
落一尘不染。在宙汉家做客时，宙汉去厨房与拉狄斯一起准备菜。宙汉
的殷勤和拉狄斯的一贯冷静让我感到非常有意思。这个家就这样秩序井
然地运行着。我和宙汉兴致勃勃地闲聊，等着饭熟。谈话间，宙汉出去
了一下，又回来。气氛有些压抑，拉狄斯过来坐下，但拒绝与宙汉说话。
宙汉给她敬酒，拉狄斯面无表情地摇头拒绝了。不得已，宙汉说："我
们说话，忘了菜，菜全烧煳了，我怪了她。"我很无可奈何，充满负罪感。
我拿起酒杯，递给拉狄斯。拉狄斯勉强拿过来，在嘴边放了一下，唇都
没有湿。她真的很能拿住宙汉。

我们继续谈着轻松的话题。宙汉告诉我，婚礼会先在新娘的村庄举行，离乌代浦尔五个小时的路，第二天则是婚礼盛宴，会有很多人喝酒。

"你不要一味随和，我会照顾好你的。"

宙汉喝的是威士忌，酒到酣处，他说："真是神让我们相遇啊。今天早上，我们才相遇。现在你就坐在我们家喝酒了。为了我们更永久的关系，我们做兄妹吧。或者你与拉狄斯做姐妹。只不过，你如果和拉狄斯是姐妹，你就是我的半个妻了。"

我扭头问拉狄斯："你觉得我和他做兄妹好，还是和你做姐妹好？"

拉狄斯含笑说："和他做兄妹。"我们大笑。

于是，宙汉开始侧面提醒我，不要跟街上的男孩乱跑，这个地方饭店太贵，住在楼上的客房，不要再去花钱住饭店了。虽然出于好心，但你已经能感受到一个真正的印度家庭会是一个很繁重的系统。倒是拉狄斯，不温不火。我们很坦然地相处着。

我的魂被惊着了

　　从宙汉家喝酒回来，带着一点醉醉的舒适，我走回饭店。台阶上突然站起一个人，是司机迪瓦。他说和我聊聊吧。我心里一惊，答道："明天见。"

　　前台没人，我敲敲后边的窗户，帘子已经拉起来了。柜台里摆着两把钥匙，其中一把是 307，我拿过来上楼。三楼的整个长廊黑漆漆一片，下午充满光影的电影画面，现在却显得暗藏杀机。我摸索着开门，钥匙根本插不进去。一片鼓声突然从外边响起，生硬、抱怨。我心惊肉跳。钥匙仍然插不进去。摸索着寻找走廊开关，一脚踢到花架上，"砰"一声，魂都散了。我慌张下楼，靠近服务台时，借灯光一看，手里拿的竟是 109 室的钥匙。这件事到底如何发生的，我死都想不明白。

　　终于回到房间，已经凌晨 1 点。换上泳衣，走上楼顶平台。平台还亮着灯，有几个人在坐着喝酒。我跳进泳池仰躺在水面上，展开双臂，望向天空。天空好深好远，月光明亮如银，点点星光衬出一片浩渺。

我的印度之行越来越神秘，不安全感慢慢升上来。从泳池回来，我敷上保湿营养面膜，想做一个冥想，然后平静入睡。屋里的灯全亮着。我一一关掉所有看得见的开关，却无论如何找不到高灯的开关。全屋摸遍了，只好打电话到前台。前台派来一个中年男子。我脸上敷着保湿面膜，看着他。他转了一圈，手深深探进桌后，把灯关了。然后，又看着我这张面膜脸，估计也够恐惧的，半笑不笑地说："可以了吗？"我赶快致谢。他也很规矩，往房外迈步。走出去时眼睛不自觉地偷偷扫视房间。我在他身后赶快关门、锁门，心中感到一种莫名的恐惧。我怎么就这么笨，没有往桌后找开关。可谁把这盏灯打开的呢？这个问题一出来，我浑身冒汗。迪瓦黑暗中的脸，无灯的走廊，生硬的鼓声，都一齐蹿出来。再偶尔转身，一眼瞥到自己玻璃窗中的面膜脸，更是不寒而栗。我根本再没心思写东西、做冥想，赶快把椅子挪到门前顶住，放下帐子，回身钻进帐子。四周白幕垂下，心略安全一些。定神一想，今天下午按摩师来房间时曾到处找风扇开关，这盏灯一定是她弄开的。只是因为是白天，

没人注意。唉！虚惊一场，自己吓自己。我看不是周围发生问题，是自己的脑子有些乱了。

乌代浦尔的男人很上劲。首先，全是调情者。迪瓦是个很黏人的调情者，他每天在饭店前等你，然后问可以带你去哪儿。他也没有什么太多的要求，只是希望你让他陪你，他好赚钱。另外呢？我不喜欢上车后，他总把镜子调整到正好看见你的脸的位置，不喜欢他反复问你，你准备做什么？你要买什么？你要去见谁？虽然目前看不出恶意，但着实心里很恼火。在街上，所有的男人都往前靠，用很蹩脚的英文问你是哪个国家的人，叫什么名字，然后夸赞你，然后要跟你走，陪你逛。我不喜欢这种纠缠的方式，很有包袱感。我只想躲在饭店里了。

我终于在第三天向迪瓦彻底发火。他总是问你要去做什么，他去那个地方等你。今天，我比原定时间早了许多离开画家的房子。后来迪瓦在街上碰见我："你去哪儿，我去接你，你没在。"我火冒三丈："听着，司机到处都有，不要再问我去哪儿，不要再说等我，不要再说你没接着我。我在这儿是为了我个人，为自由自在，请不要黏着我，明白了吗？"他诧异地望着我，有些尴尬，但也不再说话，从此安静。

马克的初恋

　　马克是一个画廊的老板，我在逛画廊时遇见他。27 岁，应对游客很老练。他的形象没有什么特别，只是言谈举止中透着一种印度人没有的自信和自如的派头。马克是一个很好的商人，他给你介绍所有的画，不是硬性销售，而是文化销售，从最常识性的石头颜料的绘画、经济背景、故事题材，到艺术家的来龙去脉等，你慢慢有了信任和好感。他说得一口流利的英语，调侃中，我动了买画的念头。

　　马克提议带我参观乌代浦尔的不夜城。沿着弯曲盘桓的小路，无数的风情小店在亮亮的灯光里，人影婆娑。我们随意地一家一家转着。乌代浦尔真是有很多装饰讲究且追求小资和异国风味的饭店。

　　我们来到西乌尼瓦斯宫（Shiv Nivas Palace）饭店——乌代浦尔最著名的浪漫平台。这里因 007 影片里的场景而闻名。1983 年，《铁金刚勇

破爆炸党》在乌代浦尔的拍摄成为城市的永久品牌。《007之八爪女》成为乌代浦尔第二个名字。电影拍了六个月，距今19年，但仍然成为街头巷尾的骄傲。饭店很古老，走进大门，迎面是一个漂亮的天井，四周叠起一层层客房。靠湖那边是大的四棱窗阁、飘窗和坐榻，可以遥看湖中乌代浦尔最负盛名的豪华饭店——湖滨饭店。大厅里灯光很暗，榻是暗红色纹布，还有落地方台和雕花铜烛台。每个人都惬意地斜躺着。走过临窗的餐厅，一个简易的水泥台阶延伸向上，是楼顶平台。在这里，周边的夜景尽收眼底。

从西乌尼瓦斯宫饭店离开，我和马克来到Ambrai——一个著名的湖边餐厅。餐厅与湖水几乎在一个水平线上，触手可及。沿着湖水，摆着一排排桌子。没有任何灯光，只有烛光。正对着的是湖滨饭店的白灿灿船景，斜左方被灯光勾勒的城市宫殿就在眼前。我和马克在一张小台旁坐下。烛光下，马克一天的劳累被盖在暗影里，人显得神采奕奕。

啤酒，香烟。惬意中，我请马克告诉我他的初恋。

17岁时，一个美国女孩疯狂地爱上马克。这是一个美国游客，皮肤比白衫还要白，头发是深棕色。她在乌代浦尔待了两个星期，天天去他工作的画廊。老板问："这个姑娘是谁？"马克说："一个顾客。""她爱上你了！""为什么？"老板肯定地说："是的，她爱上你了。"姑娘慢慢地开始对马克说："你是这么英俊，你太让我着迷了。我要告诉我的父母。"马克开始与姑娘约会。每天，他们约好地点，分头来到这个地方见面。马克很谨慎地瞒着家人，躲着巡逻的警察。终于，姑娘要走了，她办了一个晚会，邀请了马克所有的朋友，当然没有马克的家人。晚会上，姑娘把一枚戒指摘下来，套在马克的手上。不经世事的马克没有什么反应，老板告诉他："她要嫁给你。"姑娘走了，临走前，她在马克的两

颊轻轻地吻别，马克的初吻。他们开始通信，一个星期，一个月，一年。终于，姑娘在信中告诉他，她在军队从事秘密工作。她不断旅行，马克收到她从世界各地寄来的信。终于有一天，姑娘没有了音讯。马克继续写，继续写。没有回信。马克打电话到美国。"我是马克，从印度打来的。"姑娘父亲接的电话："你是那个印度男孩？请忘记这个世界上有个卡门，她已经不在了。"马克不敢相信自己的耳朵。他继续执着地在信里向姑娘诉说。有一天，他接到一个电话，"我是卡门的哥哥，现在在德里，请过来。"马克来到德里，他见到一个修养极好的青年。他拿出一张纸，是卡门因公殉职的通知。马克惊呆了。

马克停住了，他望向远方，深深的睫毛微微颤动。许久，他才说："我的心好痛啊！"

　　远方的湖中升起了焰火。也许是一个人的生日。焰火在空中散开，无限绚丽。

　　"你的父母知道这个故事吗？"

　　"怎么可能让他们知道。"

　　"那你的姐姐们呢？"

　　"当然更不可能，那不等于告诉了父母。"

　　"那你最痛苦的时候向谁诉说呢？"

　　"我的老板。那时候，我的老板就像我的父亲。"

　　马克仍然是个自由身。他说，他没有印度女朋友，因为她们太保守。他喜欢开朗、自由的女性。"和这样的女人相处，你能感受到生命力。"

　　马克的理想是拥有自己的商店和旅行社。

　　马克告诉我，印度是没有结婚证的。为了获得国外签证，他会谎称已婚，证据就是一张和女孩的照片。我想到在景点经常被邀与人合影，不会是已做了若干人的伴侣了吧。印度人的已婚证据是婚礼请柬、照片。请柬上会注明婚礼的年月日和结婚双方的名字，没有结婚双方的出生年月日。离婚时持婚礼请柬和照片，到市政厅办理手续。印度离婚也会涉及很多财产问题，女人是离婚中最被动的角色，因为离婚将意味着独度余生。

爱，是一种丰富

　　读到了默瀚的信，语句很简单，但看得出来他很高兴，以他特有的印度方式表现他的热情。他在信首的"我亲爱的女神尹岩"，在信尾的"我从恒河母亲岸边寄去我的爱和祝福……"这些只言片语给我心中带来了很多柔情。

　　斯瓦弥大师的信充满现代智者的风范，让我感到长辈的关怀和温暖。我的敬意、爱意交叉在一起，既充实，又踏实。

　　印度之行让我体会到了一种意义上的博爱，一种丰厚的、多层次、多含义的爱，像水波一样贴附到你的每寸体肤。当你的爱散发开来，敞开心扉，以更多的真诚、更多的热情、更多的敏感去触摸对方时，就可以产生能够让你心神荡漾的感动。爱情，我现在体会到真的只是爱的一种，甚至只是男女之爱的一种。这个自古至今颂扬的"美"在今天面临着利益、权力、占有、背叛、利用等多方负面因素的挑战，已经难得真谛，而当我们把它当成一根救命稻草时，它也真的就和你一起坠入绝境了。我对"他"的感情如此专注，如此投入，如此依赖，终于承受不起，"他"跑了，我倒了。现在，我把眼睛从"他"的身上挪开，我看到别人对我的关爱，我感到别人对我的欣赏，我迎上去，我又真正去接受他们，让他们进入到我的思想，产生共鸣，我发现我的心又敏感起来。在交流中变得新鲜，变得轻松，变得充满生机，充满宽容，充满善良。我不忌恨任何人。我知道我会尽力工作，我会平心待人，我会善待自己。生活和工作没有什么重要到值得爆发冲突的。

我的第一次"大篷车"

　　鬼迷心窍，一早坐上了37卢比（7元）赶往60公里以外的著名庙宇热那克普(Ranakpur)的长途汽车。60公里的长途车意味着，在尘土飞扬、喇叭不停、颠簸跌宕的车上与沿途的村民挤在车里三个小时。没开出多远，我的一身白衣已经显出折皱处的黄色"土纹"了。

　　这是一个50人座的大客车。车上座椅大部分已经千疮百孔，海绵几乎全消失了，坐在上面，随着颠簸会有一个硬物突然弹起扎到你。汽车驾驶台上满是灰尘，该合着的盖子都开着，露出里面同样布满灰尘的部件。方向盘前，随意放着一串红色花环，已经有些干枯了。这是印度人的吉祥象征。车里几乎全是男人。虽是山野人居多，但都穿戴整齐。印度男人其实蛮讲究的，头发喜欢向后背着，抹着摩丝，八字胡修剪得也很整齐。

至今为止，我把印度可坐的车该是全坐了。

火车头等厢，秩序井然，饮食过好，六小时中四小时在不断上菜。所谓的大客车，是与我们城区淘汰到郊县的那种公共汽车差不多。椅子的皮垫肯定是掉光的，车窗是难得关上的，车里永远是人挨人的。所以，不论花多大代价，一定要坐在前边的司机左座。首先，有二分之一的接触面是铁皮；其次，可以减轻颠簸；再则，视野好，可照相，如果坐在后边，任何时候都会有印度人客气地请你让让屁股，然后全力挤坐在你身上。小三轮电车是市内交通主力，坐时千万不要把腿分开坐在里面。因为你不知道腿已略露在外两厘米，然后就会有牛头撞在上面，或另一辆车挤过来，一阵凉风，自行车蹬钩住裤子……印度的牛真是太夸张了。坐了长途车后，我才明白，原来车门不关，是要随时拍打车体让牛让路的。

印度的道路似乎从不分道，除了火车走轨道，其他车是不行其道的。快车道、慢车道、行人道、摩托道、黄牛道等，全混在一起。所以，印度的交通从乘客到司机都是灵活性很大的，并习惯以超越精神处世，超载、超速、超时等。交通规则、行车时间只是参考，实地应变才是关键。

好在一路的辛苦，带我来到有着出众美景的热那克普。它位于乌代浦尔 60 公里以北的一个很僻静的峡谷内，是印度最大和最重要的耆那教寺院之一。

耆那教的产生时间大约与佛教相同，是在公元前 6 世纪前后。传说耆那教的创始人是筏驮摩那。筏驮摩那在十分奢侈豪华的环境中长大，30 岁时，抛弃了万贯家产和妻室儿女，毅然去寻求精神真理和精神成果。在 12 年的沉思反省中，忍受着极度的苦行和贫困。他经常禁食，分文皆无，一丝不挂地到处行走。他情愿让昆虫在他裸露的身体上爬行，甚至当它们咬他时也不把它们抹去。筏驮摩那 42 岁时认为自己修得正果，在余后的 30 年中，他一直在宣讲自己所获得的精神洞察力。

从某些方面来看，筏驮摩那的学说与佛教和印度教的学说非常相似。耆那教徒认为当一个人的肉体死去时，他的灵魂并不一同死去，而是重新赐给某个其他生物（不一定是人）。这种学说是耆那教的思想基础之一。耆那教徒也相信羯磨——一种认为一个人的行为在道德上所产生的结果会影响其未来命运的学说。从一个人的灵魂里解除堆积起来的罪过，从而使灵魂得到纯洁，是耆那教的一个主要目标。

耆那教一个很重要的方面就是特别强调不害，即非暴力学说。耆那教徒着重指出不害不仅包括对人而且包括对动物的非暴力行为。他们食素就是这种信念所带来的结果。但是在对不害原则的贯彻执行上，虔诚的耆那教徒远远超出了这一范围，一位虔诚的耆那教徒不杀死一只苍蝇，也不在黑暗处吃东西，因为这样会无意中把一只昆虫吞下去，造成它的死亡。事实上，一个十分虔诚而富裕的耆那教徒走路时要雇一个人在他前面扫路，这样他就不会无意中把一只昆虫或蠕虫踩死。根据这样的信条，耆那教徒不务农，许多其他从事体力劳动的职业也受到该宗教的禁忌。因此，耆那教徒虽然生息在一个以农业为主体的国家里，但是许多

世纪以来他们中的大多数是从事贸易和财务工作。他们当中在印度从事脑力劳动和文艺事业的人按其数目来说也占有很大的比例。

　　耆那教对印度人的生活产生了很多影响。崇拜形式讲究的偶像、兴建寺庙、建造供人和牲畜居住的慈善住所、保存大量原稿、给穷人分发食物及其他必需品，等等，这些都是耆那教社会的显著特征，而且，在很大程度上，这些特征已为印度其他宗教团体所效法。耆那教在道德上反对用动物作祭品，反对吃肉食，这对印度教的习惯也有显著的影响。而且耆那教的非暴力学说还不断地影响着印度的思想，直至成为圣雄甘

地的一代宗师。耆那教从来都不是一个人数众多的团体，今天在整个印度也只有 260 万名教徒。但耆那教是印度唯一一个系统地制定出贯穿整个道德法则的一个教团。耆那教对其教徒一生产生巨大的、连续性的影响，甚至也许会比大多数其他的宗教对其教徒的影响还要大。而且，耆那教都是严格的信徒，无论他们在哪里大批出现，他们都影响了周围的社会。

由于耆那教信徒的经济实力和偶像崇拜，他们出资修建了许多耆那教寺院。耆那教寺院与印度教庙宇在建筑风格上基本一脉相承。只是，耆那教以有大量供奉神像的小室而著称，在一座寺庙里，这样的小室多达 236 个。热那克普寺群建于 1493 年，分为主殿，两个侧殿和不远处的太阳庙。整个寺院群是由一色纯净的白色大理石建造的。嵌线、轮廓、圆柱和装饰的节奏，显著，精致，就像印度音乐般动人心弦。穹顶是印度教著名的塔式造型。每个塔式穹顶被分成若干水平条带，条带上描述着神话故事和神祇形象。它的轮廓有很多的凸曲线，每个水平条带由复杂的方角、壁柱显示出来。塔式穹顶将穹隅的顶点支在细长的柱上。主殿有 29 个大厅。沿主殿一周，是紧紧相排的供奉神像的小室。厅内作为支撑的 1444 根柱子没有任何两个是雷同的，单纯的色调用繁密的雕饰相配协调平衡。有些石柱上刻宗教赦令，更多的是人物与情境传神的浮雕。雕刻的深度使其富有强烈的立体感。寺院里很静，有几个僧人和游人。我享受着长途跋涉后的宁静，在柱子中穿走，没有导游，没有解说，所以没有故事听。于是，拿着相机，偷拍下僧人丹砂时刻，怀春少女，玉石红纱等画面。

返城的车来了，我坐在夹道里，深埋在所有的人群和货物中，坦然地随车晃了近五个小时，终于迈着酸酸的腿下到马路上。叫上一辆出租车，50 卢比，十分钟后，回到饭店。发誓不再重蹈覆辙。

湖滨饭店——印度最后的罗曼蒂克

　　250 年前，拉贾斯坦省的皇帝把整个小岛建成皇宫，浮在湖上。今天，皇朝浮华散尽，皇宫变成酒店，这就是世界闻名的湖滨饭店。这"浮"在湖上的宫殿，曾出现在多本世界级旅游杂志上。*Conde Nast Traveler* 杂志曾选 Udai Mahal 套房为全球十大套房之一。《ELLE》杂志也曾写道，如果世人只认识印度的一间酒店，那就是湖滨饭店。

　　拉贾斯坦意即众王侯之地，小王国特多，共有 36 个贵族世系。听说走在拉贾斯坦省，经常会巧遇王公贵族。遇到国王心情好，还可能受到全套的皇宫迎宾礼仪接待。可惜我没有贵族缘分。1947 年印度独立后，拉贾斯坦王国的皇室贵族们，褪去皇家生活与权势，有的将皇宫捐出开放，有的将宫殿改建成皇宫旅馆。他们找来设计师，依王宫原有的国王、王后、嫔妃和王子公主的房间格局，增建独立浴室，变成皇宫旅馆，成全一夜为皇的美梦。这类皇宫旅馆，在斋浦尔、门达瓦、乌代浦尔和焦特布尔都有。其中，乌代浦尔的湖滨饭店，是众多皇宫旅馆中规模最大的。

湖滨饭店建于1746年，端端正正地矗立在皮丘拉湖中，如水底孕育而生的白色圣殿。这座水上皇宫，通体由白色大理石筑成，原是乌代·辛之子贾格·辛格耗时三年精心打造的王室夏宫。1955年始向游客开放。英女皇伊丽莎白二世与菲利普亲王在1961年也光临此地。1963年，皇宫改造为酒店，由皇族后人管理。这里的冷气问题酿成大难。以前这里是用香根草遮挡阳光，清凉怡人，但外来游人无法忍受没有冷气的豪华，必须改建。蚊虫猖獗，折煞湖光美景。成千上万的蚊卵、蚊尸积在湖水水位的窗檐上，需要两三个职员每日两次绕酒店清扫。皇族后人终于不堪其烦，在1971年把皇宫转给印度最大的酒店集团Taj Group。

我是在下午5时决定拜访这座著名的宫殿的。因为饭店只接受住店客人和晚餐客人，我打电话过去，预订了晚餐。驱车到达湖滨饭店酒店门口，仍要等船。酒店在湖中心，每次出入，都要坐五分钟船。运客码头在城边，庞大的门厅，没有上船便已经嗅到了豪华和气派。

　　湖滨饭店以著名套房闻名。Khush Hush Mahal 是一个梦。整整一排彩色玻璃窗迎送着日出日落，使房间成为光影的世界。一个古秋千从天花板悬下，随光影晃动，恍若隔世。Sarva Ritu 曾是皇后的套房。黑白相间的大理石组成古典图案的地面，白色石膏雕画墙饰，典雅、高贵。Sajjan Niwas 是一个神话世界。屋穹下，墙上的壁画像是锁住的神话，似乎整个房间在向你讲述美丽的传说。迷惑中，看到一顶秋千悬在眼前，秋千的执杆是铜质的，上面雕满神像、孔雀。

　　湖滨饭店有 84 个房间，包括 17 间套房。一般房间沿内花园排成一排，内装修和服务与五星级饭店类似。湖景房间不加早餐要 196 美元。至于套房，分 480、660、780 到 900 美元不等。有秋千的 Sajjan Niwas、Khush Hush Mahal 以及皇后住的 Sarva Ritu，都要 900 美元，一年前预约。

　　夜幕降临，站在湖滨饭店的平台上，迎着微熏的湖风，星光灿烂，对岸是灯光簇拥得近似辉煌的城市宫殿。据说好莱坞影星费雯丽曾经造访此地。到达时，饭店里回荡着《乱世佳人》的主题曲。记忆中的旋律，星空下的湖光山色，泪水喷涌不止。在普通人都能变成诗人的湖滨饭店，更何况曾拥有波澜壮阔的浪漫的"郝思嘉"。

婚礼的歧义

　　拉狄斯在为婚礼准备，她在染发。拉狄斯坐在地上，为她染发的妇人坐在身后，小碗里是黑色的泥，用花粉做的。花粉是绿色的，对上水后呈墨黑色。拉狄斯做完后，我也坐在地上。妇人将泥放在我的头发上开始揉搓。泥的味道很好闻，有些像酸枣泥的味道。头发要干干的上色，上色大致需要十分钟，然后罩上塑料浴帽，等一小时再冲洗。我一小时后已与一个当地画家约好画像，所以就坐在拉狄斯家静静等待。

　　宙汉去上班了。我和拉狄斯翻出她最漂亮的衣服，从婚纱到节日盛装。拉狄斯挑上一套黄色盛装换上，并淡淡地化妆，涂上口红，点上圆点。

　　拉狄斯是个非常美丽的女人，今年31岁。作为两个儿子的母亲，她保持了很好的身材，不像其他印度女人那样丰满，轮廓也不像一般印度女人那么浓烈，但有一种坚毅的神情，似乎对任何事情都是处乱不

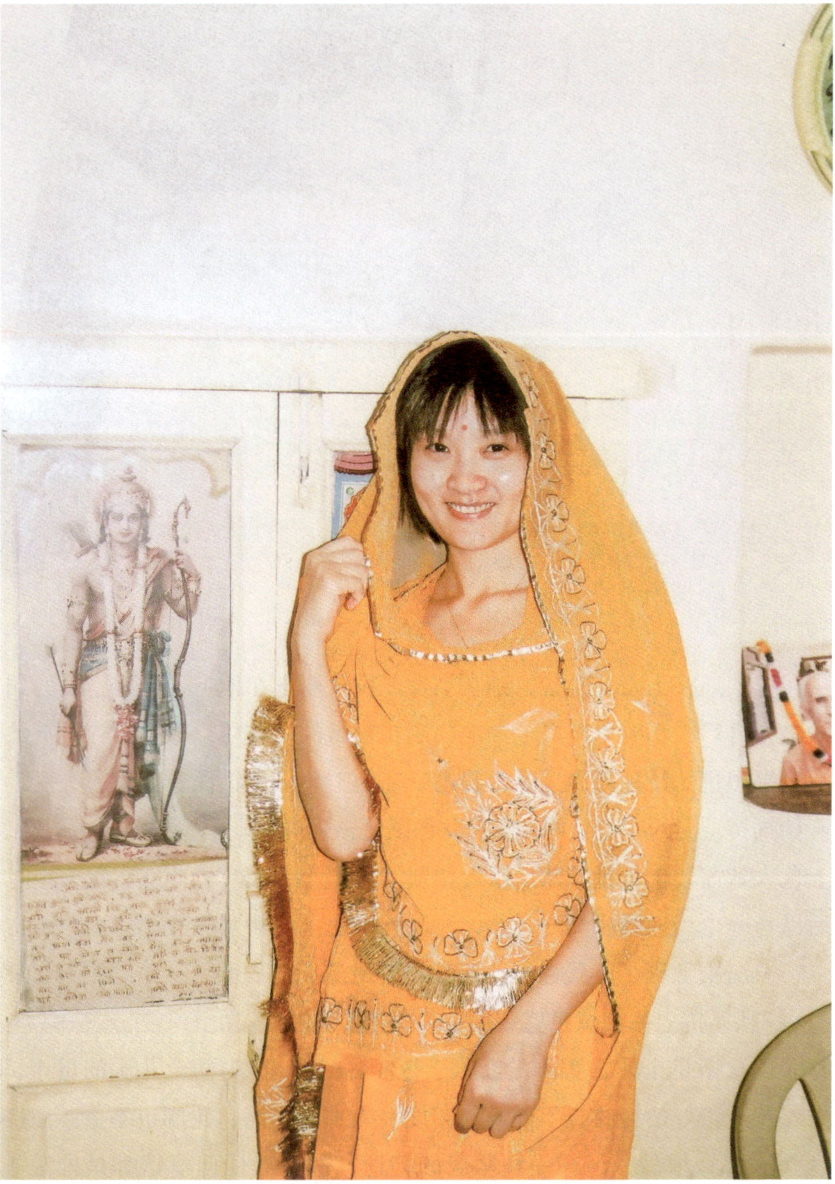

惊。虽然宙汉在外奔波，挣钱养家糊口，但看得出来，拉狄斯才是这个家的真正主心骨。她性格很强，喜怒哀乐不溢于言表。为了准备我参加婚礼的行头，她从箱子里挑出一套翠绿色和一套橙色衣服给我，都有非常漂亮的刺绣。翠绿薄纱上是用金线绣成的簇簇花卉，金光闪闪，非常耀眼、炫丽。橙色薄纱上是用银线绣的相对抽象的图案，美丽且温柔。我选定了橙色那套。拉狄斯一件件帮我穿上，先是缝制非常合体的橙纱绣花胸衣，然后是一件橙色绣花套头衫，领口略低，露出胸衣上围花边，衫长延至胯处，一条重重的长裙垂到脚边，裙边绣满了银线的图案，坠得裙子重重的。拉狄斯把纱丽展开，用左手逐一折成几褶，掖在我的右边裙腰里，又将剩下的纱丽从左肩绕到右边，再系在左肩的圆领衫扣处，纱丽松松的，你可以随时将它拉起罩在头上。拉狄斯看着我很满意。"OK!OK! 很适合你！"宙汉走进来，欣赏着，很是高兴。他嘱咐我婚礼上看到男人时，一定站起把纱丽拉到头上。"纱丽总掉，根本待不住。""那你也要时不时拉起来，掉没关系。"

我和拉狄斯准备拍摄她的所有行头。拉狄斯不喜欢拍照，她腼腆地配合着，总是在问可以了吗？真不愧是乌代浦尔的女人。平时素面朝天的她有一整箱漂亮的行头。五颜六色的纱丽，镶着漂亮的刺绣或宝石，红色、黄色、蓝色、粉色、绿色。在这里，人们真的是不吝啬色彩。一套刺绣精良的纱丽一般都是定做的，时间大约 15 天，2000~3000 卢比（350~550 元），相当于宙汉一到两个月的工资。

印度社会中，议论是第一天敌，舌头在这里是足以杀死人的。从宙汉的朋友达纳德试图评判乌代·蔻绨饭店老板娘的人品，到宙汉对于请我参加婚礼前前后后吩咐了三个对外人解释的版本就可以看得出。下午在电话里与瑞妮谈改机票的事，告诉她因为要去参加一个婚礼，半小时后出门，全内城的人，认识的不认识的都会问声好，然后说："你要去

参加婚礼吗？你会感到真的像在中国小县城那样。"

　　应宙汉之邀到他家吃晚餐。他请了一些朋友见他的"中国妹妹"。奇怪的是，我再没有前两天的欢快，他的"中国妹妹"言论让我感到无聊和精疲力竭。宙汉很优柔寡断，瞻前顾后，他请他的朋友替他说出想要手机的愿望。3000~4000卢比，其实我本来是准备在婚礼后给他们100欧元感谢费的，只是很不喜欢这样的感觉，我已经有些厌烦这种兄妹联谊了。

　　我越来越欣赏拉狄斯，这是一个头脑清醒、做事果断的女人。不像宙汉，开口要手机，又怕外人说闲话，吞吞吐吐不知他想说什么。

　　有时好奇也真是麻烦。想到将要面对的那些人，花费的那些时间，度过的狂吃滥喝，又不知条件如何的夜晚，我对婚礼的兴趣已经荡然无存。

印度的国家硬件很好。宙汉没有钱，别人送给他一台电视，频道却是从 CNN 到 HBO，样样俱全。小城里的网吧，三五步一个，密密麻麻。国际长途统一收费，在长途车站、村镇等都有。宙汉有两个儿子，一个12 岁，一个 7 岁，他们的课本从计算机到数学全是英文的。很多人买不起手机，却有全国网络。这个国家有些地方落后得让你不可思议。像德里这样的首都，老城街道上，恨不得连拉稻草的骆驼都有，更不要说懒牛赖狗了。印度街上的动物全带着一股贫气，脏不可言。与宙汉一家的接触，让我看到了普通人的生活，也看到了他们正在滋长的物质意识。

　　也许只有瑞诗凯诗才能有像默瀚那样干净动人的男人，才能有像斯瓦弥大师那样令人肃然起敬的智者，才能有天堂一角的牧歌世界。德里让我产生恐惧，乌代浦尔让我在上层与真实生活中穿梭，看到了印度真正的百姓。

告别乌代浦尔

　　坐在屋顶的八角廊里，上午的阳光斜射进来，热热的印度茶，清爽的鲜榨橙汁，蓝蓝的水，啾啾的鸟叫，远处的诵经，我的心情很平静、惬意。

　　重新翻开印度之行的页页日记，我很诧异瑞诗凯诗给我的震撼和改变。到乌代浦尔已经近五天了，与瑞诗凯诗相比，它带给我的享受和现实生活，但却远不及那边的灵感和精神滋养。昨晚尝试做冥想，却很难集中精力，于是度过了筋疲力尽的一夜。我在想是否临走前再回到瑞诗凯诗。

　　嘎纳尼今天穿上了漂亮的制服。粉米色长衫，腰间扎着宽宽的红色腰布，上边套上金色腰带，一个方方的银色带扣扣在腰中，头上是包得紧紧的红头巾。嘎纳尼见到我绽出非常愉快的笑容，长长的睫毛拢成一圈绒绒的黑色，牙齿白白的，有些不齐。他让我总想起意大利导演帕索里尼《一千零一夜》影片中的少年，周身是灿烂阳光下的无辜诱惑。我把他的笑容记录下来，八角廊边的少年。

　　乌代浦尔城市很浪漫，但，是一种僵硬的浪漫。这种僵硬来自这里的人。乌代浦尔的男人都很色，他们热衷于与游客调情，全力扮演"浪漫"。在扮演中，兜售商品，讨要实物。可惜了这片美景。

　　人是分层次的，层次不同，客套友好是个基本，也是一个限度。与宙汉昨晚的交谈已经让我很厌烦与他过于友好的关系。乌代浦尔的五天，是贫困的五天，它消耗了我的精力。虽然对印度人有了了解，但我从心里不感任何兴趣。印度之行，是个精神滋养之行。我并不希望让过多的印度政治、生活扰乱我的吸收。我正是需要在一个如瑞诗凯诗那样的安静地方，让我思索，让我反省，让我领悟。我需要在一个地方，享受我的思绪，享受我的灵感。

　　早上起来，决定取消婚礼之行。找到几家旅行社，没有人办理车票。于是，一个人去火车站办理。车票已售完，只能排在候补名单里。窗口里的印度人说，不用担心，你会有位子的。

　　中午到宙汉家告诉他因需赶回中国，只好取消与他们的婚礼行程。

宙汉感到很突然，拉狄斯愣了一下，然后明朗地笑，继续招待我。她真是个聪明人。拉狄斯的弟弟在旁边说："不会是被那么多的人和盛事吓跑了吧。"我矢口否认。看到拉狄斯，我总不禁想起赵本山 2000 年春节联欢晚会上"卖轮椅"的小品，只不过拉狄斯是笑看丈夫要把戏，有时旁观，有时帮着要罢了。

后来，还有对我行程改变提出质疑的是宙汉的朋友阿南德。"是不是昨晚的聚会让你做的决定。"这两个都是聪明人。我真的要感谢昨晚的聚会，它给我敲了警钟。而昨晚的辗转反侧和夜不能寐的动荡也使我反复尝试消化这件事，而消化不了的事实告诉我，我不应该去。

宙汉的小儿子很不高兴，他反复向他妈妈嘟囔"步话机"。我知道，他曾想象会向我要到一个步话机。宙汉还不识相地提到手机，我已经以中国的礼仪给他的两个孩子送了红包，各放了 1000 卢比。从宙汉又提到手机那一刻，我决定一分钱不会再掏了。拉狄斯要给笛笛送礼物，我说漂亮小包即可。宙汉说他去买，顺便再去看看手机。我没有搭腔。他建议与我一起出去，我说要去画家处取画了，他带上我，我下车就走，根本没有建议同行。我的信念是坚持到最后，能少说话就少说话，能少待就少待。临行前，又礼貌性地前去告别，宙汉说没有找到合适的手机，也许中国有，你看看吧。我说知道了。阿南德在旁边什么也没说。这是一个能有前途的人。

马克送我去取画，然后上车站。这是一场扮演的浪漫。我知道他在我的每个买卖中都有提成。于是我尽量使用，也打浪漫旗号，做朋友不言商。虽然他陪了我很多，我最后还是以贴面礼的形式感谢他。没有小费。

想到宙汉昨晚一定曾高兴地想象婚礼后，再让我在乌代浦尔的一天逗留里送他一个手机，而今天却一切落空，我心里感到很解气。于是，带着几许的恶意，我离开了乌代浦尔。

粉色的斋浦尔和 12 个妃子的古堡

　　凌晨 5 时 40 分，列车到达斋浦尔。在长途车站买好下午去阿格拉的车票，顺便在电话里订好阿格拉的旅社，我把行李寄存在长途车站，折回火车站，准备参加由此出发的旅游局斋浦尔半日游。半日游从 8 点到下午 1 点，100 卢比（16 元），囊括所有景点。司机是一个长得蛮高大的印度人。导游叫阿贾，永远盯着我后边说："请跟上。"

　　斋浦尔是一个非常美丽的城市，由新城和老城组成。新城从老城向南部和西部延伸，由三条相互贯通、宽大的马路将新的市政区与老城的城楼门和谐地串联起来。街道上，车辆行人川流不息，最引人注目的是身着传统服饰的拉贾斯坦人，夸耀似的缠着亮丽的头巾。街道宽超过 30 米，两旁是粉色的建筑，尖尖或圆圆的屋顶错落有致，雕饰各异的带孔窗户凸出在外。临街很多店铺摆满了拉贾斯特有的浓烈色彩的布料、

衣裙，还有玩偶、木刻、石刻等各种手工艺品。走进店铺，你还会发现各种各样的虎眼石、猫眼石等，只要 10 卢比 (相当于 2 元多人民币) 一个。真可谓购物天堂。

斋浦尔建于 1727 年，是世界上最早的按规划建造的城市。它的创建者是沙瓦·辛格二世（1693—1743），是当时的一个王子，也是一个天文学家。1727 年，辛格二世决定建新都。为了把新都建成世界一流的城市，他参考了当时欧洲一些知名城市的建造方案，并与和他同时代的一些著名天文学家、数学家和建筑师共同商讨，最终设计了包括四面城墙和矩形防御在内的城市。1728 年，辛格二世建造了简塔曼塔古天文台——印度最著名的古天文台。

斋浦尔有"粉城"之称。这是由于宫殿和建筑物的材料都取自于当地一种粉红色的砂岩，所以城市建成之初，的确是粉红色的。后来经过时代变迁，城市的颜色从粉红逐渐变为淡黄、橘黄、白色、褐色等其他颜色。1876 年，拉姆·辛格君主依据颜色与好客有关这一传统，将古城全部刷成粉色，来迎接英国威尔斯王子（后来的爱德华二世），这一传

统延续至今。"七"是斋浦尔古城的灵魂数字。七个长方形的区域,各区域之间有宽阔的道路互相连接;位于城市中心并占据了七分之一城区面积的王宫;城墙四面的七个城门。老城中最著名的是风之宫殿,三步一小窗、五步一大窗,可以想象高贵的皇后如何盛装站在窗后,与众同欢。

与城市宫殿毗邻的简塔曼塔古天文台是一组奇怪的雕塑组合,每个构造都有一个特殊目的,例如测量星星的位置,太阳、月亮、星星的地平纬度和方位角,计算日食、月食等。最为著名的是日晷仪,有 27 米高,影子每隔一小时向前投射四米。辛格二世对于天文学的喜爱远远闻名于他作为一位战士的勇猛。在着手建台前,他专门派学者到国外学习天文观测技术。简塔曼塔古天文台是斋浦尔五座天文台中最大也是保存得最完整的一个,在 1901 年得到复原。

琥珀堡(Amber Fort)位于斋浦尔郊外,距城 11 公里。城堡在山上,需要坐吉普车上去。山脚下一排"北京 202"类的吉普停着等游客。我按照旅行经验,捷足先登,坐上一辆吉普的驾驶副座。后边车座已经被改装成两排相对的椅子。车身晃了一阵,回头看,已经有八人挤在后边。

我正舒服地数人数，一位欧洲孕妇被导游请在我身边坐下。我只好向驾驶座挪，右腿已经碰到换挡操纵杆，正在拼命缩身的时候，女人的丈夫又被从右边车门塞进来，操纵杆钻到我们的两腿之间。大家都糊涂了。司机到了。他左脚登上车，右脚叠在左脚旁，请女人丈夫帮他踩着点油门，拧着腰，半个屁股在外边，侧身13度角拉着我们上了山坡，15分钟的山路竟然安然无恙。

琥珀堡高居山顶，由多个宫殿组成，整整布满了一个山头。绯红和明黄的建筑清晰又柔和。站在山上的城堡中，可以看到连绵的山脉和对面的城墙，恍若见到北京的长城。城堡内全是用白色大理石雕琢而成，融和了印度教、波斯教、伊斯兰教风格特色。摩尔王朝的阿克伯国王，一生娶了12个妻子，都是因为战略目的，跟邻近各国以婚姻方式缔结

盟约。为了礼遇他不同宗教的妃子们，阿克伯国王依照不同的信仰建造了不同风格的宫殿，不过，国王的信仰还是左右着皇宫的基调。象征印度教的莲花壁画仍是皇宫中的主要装饰。

12个妃子的生活还体现在琥珀堡中迷宫般的通道系统。每一个通道究竟连着多少曲院密室，辗转于多少华亭轩窗，无人细究。玻璃宫是城堡内最浪漫的建筑。全部用拇指大小的水银镜片镶嵌的内壁，镂花雕彩。有阳光的日子，殿内熠熠生辉，一朵火苗，轻轻晃动，满屋烛光，如流动的星光。

几个小时内，走马观花，对斋浦尔有了整体了解。其实，旅途中，有些城市是要去体会，去滋养自己，而有些城市是让知识具体化、感性化，如斋浦尔。所以，旅途，必须有设计。个人旅行和团队旅行的区别就在于此。

阿格拉的青年旅社

　　阿格拉（Agra）坐落于亚穆纳河西岸的恒河平原，距新德里 41 公里。印度史上最强的穆斯林王朝莫卧儿王朝将城建于此。莫卧儿王朝的祖先是成吉思汗的孙子帖木儿。1525 年，帖木儿的六世孙巴布尔乘印度分裂之际，南下入侵印度。次年攻入德里，开创了莫卧儿王朝，从此，在印度展开了长达近 300 年的统治。莫卧儿王朝前六位国王治国出色，能文能武，对于文化、音乐、艺术的造诣甚高，在长达 300 年的统治中，留下许多巧妙融合印度与穆斯林特色的城墙与宫殿。其中两朝君主在阿格拉的建筑中拥有更重要的角色。一个是莫卧儿王朝的第三代皇帝阿克巴（Akbar）。阿克巴大帝 14 岁登基，文盲出身的他，却将莫卧儿王朝推向名副其实的帝国之路。他一方面扩大领地，另一方面在阿格拉建立新的都城，进行内政改革，因此有"大帝"之称。另一位是第五代君主沙基罕，他统治时期是印度莫卧儿建筑的黄金时代，建造了一系列宏伟建筑。

著名的泰姬陵、德里古城、德里加米清真寺以及红堡都是这个时代的盛名之作。

到达阿格拉时已是晚上。城市已经被夜幕彻底压下去，无能为力的是鼎沸的人声和阻滞的街道。终于，拨开涌上来的摩托车夫，登上一辆摩托出租，向预订的青年旅社开去。走进一个小门，一股清凉和宁静迎面拂来，正是晚餐时间。一个种满花木的长形庭院里，点点烛光。一个个小台边坐满了怡然自得的游客，三三两两，欧美人为主，见不到一个印度人。前台在庭院尽头，一个中年印度人笑吟吟地问候着。旅店不大，房间在围绕庭院的一圈二层建筑里。一长排的走廊后，一排排十平方米左右的房间依次排列，每间房里都配有浴室，网吧在庭院边上，全天开放，还有国际长途电话。阿格拉的青年旅社是我在《孤独星球》上找到的。300卢比（48元）的闹中静地成为我在阿格拉参观时名副其实的栖脚地。

淋浴后下到庭院吃饭，遇到从南非来的海因里希，他是个眼睛非常蓝的小伙子。海因里希像个考察家或学者。来之前，他把印度的旅游书通读了数遍，然后出发。他的规律是每个地方一到两夜，绝不多待。根

据书上的景点介绍，一一品过来，像是一一确认。海因里希用这样的方法在三个星期内对印度大通吃。问到他对印度的印象，回答是脏、穷、古老文明的丧失。

旅行从什么地方开始真的会给整个旅行定调的。我庆幸我印度之行的第一站是瑞诗凯诗。如果始于德里，也许我对印度的印象也只有常规的版本，脏、乱、差。瑞诗凯诗给我机会超越这个表象，领会形之上的深厚和源远的文明，在精神上得到余生享用不尽的修养，心得到滋润、美好、宽容、平和起来。在瑞诗凯诗遇到的斯瓦弥、默瀚，更是会成为我生活中很重要的朋友。仰望星空，我衷心感谢上天的神赐。

我从《孤独星球》找到芭摩特·萘克檀静修中心的电话，打过去，请他们转默瀚接听。一会儿，有人拿起话筒。我刚刚一声"Hello, 默瀚"那边已经是"How are you？"声音还是那样不紧不慢，压着嗓音，听到心里真的高兴。电话线路很差，默瀚在那边无以对答地说着几句话。最后，他说："其实，我听不清楚你在讲什么。你把电话号码 E-mail 给我，我明早给你打过去。"

我也不知道要和默瀚商量什么？商量请他去中国之事？还是再考虑考虑？

泰姬陵白色的痴恋

　　泰姬陵太像人，典雅孤独，只看一眼，便会深深地爱上她。纯白的大理石建筑像一个白色的梦，形单影只的绝代佳人静静地浮在潺潺的亚穆纳河畔。四个世纪，光阴如梭，美丽如昔。

　　泰姬陵是莫卧儿王朝第五位国王沙基罕为纪念爱姬 Mumtaz Mahal 兴建的。泰姬是沙基罕的皇后，一位具有波斯血统的绝世美女，性情温和，擅诗琴书画。19 岁与沙基罕结婚，从此形影相随，踏遍疆场。在 19 年的光阴中，生下 14 个孩子。1630 年，再随沙基罕南征时，难产而死，年仅 39 岁。沙基罕伤心欲绝，发誓要建一座全世界最美丽的陵墓，以表现其永恒的爱情。他于次年动工兴建，动用超过两万多名工匠，历时 22 年才完成。

　　陵墓建筑可谓极尽奢华。外观用白色大理石镶嵌而成，皇陵上下左右工整对称，中央圆顶高 62 米，四周有四座高约 41 米的尖塔，塔与塔之间耸立了镶满 35 种不同类型的半宝石的墓碑。整个陵墓所用的宝石多达 43 种，包括玉石、水晶、黄玉、蓝宝石、钻石等。墓内到处可见纯银烛台、纯金灯座、华丽地毯，雕花大理石棺四周更围了一道纯金的栏杆。泰姬陵的前面是一条清澄水道，水道两旁种植有果树和柏树，分别象征生命和死亡。

泰姬陵的美丽是与时光相随的。由于是用纯白大理石砌建而成，随着光线的变化，呈现无数的幽姿。朝霞升起时，初升的红日伴着晨雾渺渺，泰姬陵静静的，如久经风雨沧桑，早已处变不惊，泰然自若。中午时分，蓝天白云，碧水绿树，耀眼的阳光下，泰姬陵玲珑剔透，光彩夺目。傍晚时分，夕阳西下，白色的泰姬陵从灰黄、金黄逐渐变成粉红、暗红、淡青色，随着月亮的冉冉升起，在月光映照下发出淡淡的紫色，清雅出尘。

我坐在泰姬陵前的草地上，等待着月色的降临。眼前，白色大理石浑圆、坚硬、光滑、不朽。世纪周转、人世变幻的今天，你仿佛还是能够感受到沙基罕深情的凝视，和泰姬无言的回抚。14 个儿女的诞生背后是多少的风花雪月，一夜悲白的鬓发又是怎样的柔肠寸断。就这样，被世人颂扬着。2 万个工匠，5000 个巨幅大理石雕塑，22 年工程……在所有这些可以量化的数字后面，难以想象的是那无量深情。沙基罕最后被继位的儿子软禁在与泰姬陵遥眼相望的阿克拉宫八角塔上。从八角廊上望过来，一片田野中，亚穆纳河银带般穿过，极目望去，便是雾气腾腾中洁白无瑕的穹顶角楼。沙基罕的晚年就是这样，日出，日落，望着他的爱妃由灿白到金黄到殷红再到青紫。日月如梭，柔情似水，一生一世，苍天有证。谁还能乞求比这更美的生命？

我的愿望在我的心里，我希望有家，再有很多孩子，希望有爱在身边。我坚信，总有一天，有一个人，会出现在我的生命中，和我一起完成我的愿望。我会一如既往地热爱生活，热爱生命，热爱我身边的一切。

红堡，意外的开放

  与泰姬陵一样，阿格拉堡也临亚穆纳河而立，二者相距 1.5 公里。这是座雄伟壮观的皇宫，从阿克巴大帝开始建起，一直到沙基罕才完成，总共盖了 95 年，光是护城墙就造了九年。无数的建筑与宫殿，随着不同君主的秉性与造诣，各领风骚。古堡全部用红砂岩砌成，故称"红堡"，是首都德里红堡的前身。

  整个古堡有 500 座建筑，城墙全长约 2.5 公里，高 21 米，外形雄伟壮观，气势磅礴。城堡之内别有洞天。晚年的沙基罕被囚禁在临河的一座八角塔里远眺他的爱情。这里曾是他的寝宫，除去镂空墙面与窗棂上镶嵌的各式宝石，最引人注目的是处处可见的精巧的茉莉花纹，故称茉莉塔。

  古堡中大部分是大面积的平台、长廊和内院。与中国的宫殿相比，

印度的宫殿建筑是在一种更开放的氛围里的。且不说是否因为天热,所有的建筑都由廊柱构成,很少看到整面的大墙。即使像听证厅或议政厅这类地方,也是在一个完全露天的开放平台上。阿格拉堡中的议政平台在宫顶上,可以遥望一马平川。大臣们在平台两侧端坐,皇帝在平台尽头。讨论是通过纸条进行的,有传递员在平台四周奔跑着。遇到激烈争论时,估计就是大汗淋漓的状态。议政平台下是一个千米见方的内院,四周是房阁,中间是大花园。这是皇宫内眷采购的地方。皇帝与女儿会端坐在内院花园上边的楼阁里,花园内养了一池鱼,皇帝与女儿射鱼取乐。有时,皇帝也会乔装打扮,蒙上面纱挤在采购的内眷群里猎色。

古堡中有一个方形大院,是内宫。印度的皇帝不把妃子打入冷宫,而是平均安置在同一个大院里,有些像我们的大财主宅院。13 房嫔妃每人一房,面对大院。皇帝寝室则在正面大室。按顺序每每轮流一夜。这种对后妃一视同仁的态度似乎是古老印度所提倡的。在印度著名的史诗《摩诃婆罗多》中,已经明显否定"大红灯笼高高挂"的妻妾争斗。达

刹仙人将自己的 27 个女儿嫁给月神为妻，月神却偏爱其中的一个，其他姊妹向父亲抱怨月神的偏心。达刹一再说服月神要一视同仁地对待自己所有的妻子，可是月神就是不改。于是达刹诅咒他日益衰弱，月亮变得越来越细小。月神只好求饶，达刹允诺，月神一视同仁对待妻子时就能重获丰满。大室的石板下有一个暗室，专为惩罚犯错的嫔妃内省用。由此可见，对女眷的待遇还是有礼可循的。印度皇室照样有众多宫廷政变故事，由皇室女眷或其亲戚参与的篡权也有案可稽。全是暴力情色的好莱坞版本。

生活其实是梦中梦

    维什努刚刚把一盘蚊香点在桌子下面，是那种绿色环形的，与我们家里用的一模一样。我问是中国来的吧，他笑而不答。维什努很可爱，他是尼泊尔人，到印度来发展。个子不高，英语只会两句，但运用得很好。最常说的就是，OK，OK！然后歪着头笑。他负责点菜、催促登记等。饭店里的核心人物是个八字胡先生，他负责订票、网吧、换钱、结账。

    我坐在旅店的院子里，刚刚用完晚餐。这里的游客很少有住两夜的，所以今天又见到很多新的面孔。几乎全是欧洲人。荧荧烛光下，他们慢慢交谈着，享受一天后的安宁。

    阿格拉的摩托车夫比其他地方的还要夸张。你只要一出旅店门，就好像变成了一只知了竿，所有的知了都往你身上粘，走出一里还甩不掉。你可以从 40 元砍到一里外的 10 元，他答应后，你上车才发现其实他根本不知道怎么走，走多远的路。所以说，开价和谈好的价其实都与事实无关。往往陪着他一路问下去后，才意识到还是应该给他 20 元。但这时他又感到委屈，好劳神啊！从与摩托车夫的经历，我隐约感到也许与印度人做生意会是个极复杂的事情。在中国是不行不意味着不行，还有可能行的希望，印度是一开始什么都行，然后慢慢这也不行，那也不行，每分每秒都面临着调整，而且还不是因为他们改主意，确实是因为没概念就应允。完全是上了"贼船"再说。

　　在印度旅行 14 天了，我印象最好的还是斯瓦弥和默瀚这两个印度人。真的是我想象中的印度，想象中的印度"圣洁"之人。虽然两人的社会背景、教育背景相差极大，斯瓦弥一定是位地位极高、知识渊博的上层人士，而默瀚也许只是普通人家的孩子，但是他们身上所散溢的纯粹及超脱是我要寻找的。

　　与默瀚开始的瑜伽和冥想对我的触动和影响太深，我甚至已经较难接受与其他老师习练，所以，我从心底希望能请默瀚到中国来，与他继续习练瑜伽、冥想。至于习练之外的杂念，其实都是梦中之梦，是不真实的，会随梦而来，随梦而去。

　　一个人旅行是件很清静的事。你可以肆意让身边的过去、现在、将来袭扰你，影响你。然后，你去思索，去想象，完全以内心为中心。如此的旅行是对自己的真正关爱。心蒙尘了，人真的就灰了。你是不可能指望在落尘的天空下清洗自己的。其实，世上任何东西都是主观的，是你主观的评判，主观的对待。事实，也只是主观下的事实。主观来自心，观察来自心，行为来自心。当我们在生活中不可能远离凡世尘埃时，多接触些纯洁，多接触一些本原，就能多还人一些新鲜和敏感。旅途能够帮助我们还原自己，让我们的心呼吸，让我们的心歌唱。

　　烛光下，静静地吸烟，想心事，看烛光由一支变成两支，再变成三

支。心中有一种微痛的柔情。天地人间，像一张大网，丝丝柔软的网线甩出一个立体，这就是人生。每件事，每个过客，都是其中的一根线。心像梭子一样。我的心很急，所以网大线多。

今天是盈月之夜。月亮被大的芭蕉叶挡住了，我看不到它，只见到明皓的月光。但我知道它在那儿。只需挪挪身，只需探探头。

默瀚的电话终于来了，他的声音总能让我心情非常愉快。默瀚非常高兴地接受我的邀请。他可以用三个月甚至更长的时间待在中国。默瀚在电话那头说："It's so great！"

搭错车

清晨7时，已经坐在阿格拉火车站，准备出发去克久拉霍(khajuraho)。

昨夜，远处的城市里突然响起歌声，诵经的声音。我到现在想起来也不知是梦还是真。

路上牛还不多，狗却已经忙起来了。

8点的火车没来。晚点了。咨询处告诉我，列车8点15分到。8点14分，一列火车驶入站台。我急忙寻找列车员好指出我的车厢。没有。盲目登上一节车厢，发现是在普通厢。列车已缓缓启动，只好拖着行李穿过数节车厢向头等厢走。一路的"抱歉"后，终于走进一节凉爽怡人的空调车厢。找到临窗的座坐下，望向窗外。

查票的来了。他面无表情地告诉我，这不是我的列车。我的心一下子掉下去。"这趟车去哪儿？""会经过你要去的车站。"不幸中的万幸。

这一错，由快车错成慢车，由头等车厢错为二等车厢，两小时的路程转为四小时。这种教训即使吸取也没有用途。上车时，我曾很徒劳地找列车员询问，没一个人能告诉我。穿制服的这些人也搞不清他们到底是谁。估计我可能一气碰上了三个税务官也没准。印度火车据说经常晚点。老天让我有这个搭错车的机会也算有恩惠了，只是一列相差两小时的车。

头等厢的巡票员态度恶劣。他只会用蹩脚的英语反复说："go,go"轰着我，到了门口，扭身回到他的车内。我气坏了。人的嘴脸是能看出善恶的。他的一口牙中有三颗假的，假牙闪着特别的白光。老天不会恩惠他的。另一个列车员连忙走到门外，善意地帮助我在二等车厢找到位置。

二等车厢的卧铺车厢没有空调，但通风很好，与中国火车的普通卧铺车厢很相像。卧铺是三层，沿走道有一个条铺，可以斜着躺在上边。车里的乞丐很多，他们在车厢里来来去去的。我给了一个小乞丐5卢比，他跪在地上反复地擦地板，地板因此很干净，起码是通过劳动换来的果实。

真热啊！阳光非常晃眼，我在车里戴上了墨镜。

我的第二次"大篷车"

　　好热的天啊！汗珠不能控制地叭叭往下掉。整个城市像个大烤箱。终于到了Jhani。我将在这换乘长途车前往印度最负盛名的性力派庙宇所在地克久拉霍。

　　下车直奔站台上的书店柜台，询问去克久拉霍的长途汽车站名字和距离。在火车上，我已经从《孤独星球》上读到一天两班的豪华客车都是上午发车，以后只剩下常规长途车，需要五个半小时路程，比豪华客车长一个小时。由于搭错火车，比预计晚到两个多小时，上午的豪华客车都已出发。我知道，现在不得不又面对在乌代浦尔参观神庙时的"大篷车"经历了。摩托车夫反复告诉我没有班车，只能打出租去克久拉霍。我不加理会。路上遇到一个在另一个摩托车里不知所措的西方人，她的司机也在和她讲述同样的故事。我的司机说我和那个西方人可以同搭一辆出租车，我厉声朝他喊道："请送我到长途汽车站。"在印度，无论发生什么事，人们是不会大声说话的，哪怕他们在争论，所以当你大声说话时，他们是很敏感的，认为到了剑拔弩张的地步了。所以，我的习惯是性子一起就大声发令，在这边总会获得意想不到的效果。对方一致反应是再不出一声，不过可能他们心里也会说从没见过这么恶的婆娘。小司机带我到达长途汽车站时，成堆的长途车停在那里。有人走上来问："克久拉霍？"我说是的。于是，来人帮我将行李卸下，带到长途车那边。我示意司机，这不是有车吗？他好像已把刚才的一切全忘记了，笑着和我告别。

在印度旅行，手持一本详尽的导游书，真的是保障。从饭店到景点，到交通，你都可以心里有数。如果指望当地人指点，你死定了！

我和三个印度男人挤在发动机旁的一个小的三人座上。第四个男人挤过来，我感到脊梁贴上了一个汗津津的肩膀。

售票员推着一个十余岁的男孩朝我喊："往里挤挤，让他坐下。"

"我没法再挤了！"

一个人温和地告诉我，这是一个五人座。

我扭头看着窗外，不再理会任何人。反正打死我也不再让步了。

印度人的香料使他们的体味很重，再加上这种烤箱的蒸发，我觉得自己在一个食品处理厂旁边。五个小时！老天知道这个克久拉霍有多值得。天气太热，估计有 40 多度了。太阳大大的，我担心中暑，在太阳穴、颈后点上清凉油。清凉油与汗浸在一起，又凉又辣，刺得我的皮肤直疼。又有两个人踩着我的膝盖坐在发动机上，我只好再向里挪，腿已经成内 30° 角，挤在椅子和发动机之间，不知五小时后下车会是什么状态。车上已经座无虚席，每个座位都是超载的。这每小时一趟的班车也载不完永无止境的乘客。

熏死我了，快开车吧！

身边的印度人开始吸烟，他向我让烟。我示意 NO，拿出自己的。印度男人给我递了火。另一个男人看到，向我要了一支烟。这是我在印度公共场合吸的第一支烟。车上的人目光炯炯地盯着我看，我吸的是乌代浦尔买的印度香烟，马克推荐的。烟嘴有香料的甜味。在这个精疲力竭的时刻，面对闹市吸上两口烟，通心舒畅。

车启动了。一路上全是树形奇特的小路，在灿烂的阳光下闪着光。我看见了漂亮的黑白羊、彩虹鸟、黄莺和牛。一片土屋的背后是山脊上远远耸立的古堡。在阳光下，在尘埃中，在噪声里，印度向我叙述着生活和历史。

周围的味道越来越重，沿途有人开始下车，于是松快一些的人就开始脱鞋了。我把清凉油擦到鼻子下边试图驱散周围的一切异味，其实，我自己又何尝不已经成为一条咸鱼。身下的椅子油浸浸的，泛着亮光。我期待到饭店的那一刻，在花洒下快乐地揉着泡沫，让所有的咸腥都随着泡沫流走，还给我一身清香。然后把身上所有的衣服捏着鼻子挑出窗外扔掉。

　　车停在一个杂乱的中转站近 20 分钟。司机坐在椅子上兴致勃勃地与人聊天。空气中一丝风没有，静止得像是蒸汽浴。整个车场望过去，没有一个外国人，总不是只有我一个人不知深浅乘长途车旅行吧！

　　印度人的孩子真多，一堆一堆的，还友爱异常。只是脏啊，两只黑手抓起东西在手心里捻捻放到嘴里，再将手对搓一下，拍拍，打掉残留在上面的余渣。

　　还有一个小时的路程，我发誓不会再有第二次这样的经历了。

　　后来的路上一路歌声，司机把音乐开得很响，一轮皓月挂在空中，亮得像布景。依旧是蜿蜒的小路，依旧是树影婆娑，只是夜幕下的田野没有尘埃的奔忙。我望着路向我迎来，又过去。

　　月亮真亮啊！谁会在月亮下和我一起望星空呢？

欢爱的图腾

　　《印度之行》影片中，女主人公惊慌失措地跑到一片废墟定睛望时，是疾速的推进镜头，冲出一个个情爱雕塑画面，酣畅淋漓。女主人公彻底迷失了。带着这个画面的记忆，我寻到克久拉霍。

　　克久拉霍在印度的中部，因坦多罗教的寺庙群而著名。坦多罗教是从吠陀教发展演化而来的一个教派，以崇尚性及性能量著称。此教派创立了一些独特的物理和生理方法，直接把性交本身作为一种宗教仪式，在性交中使男女通神。寺庙群建于 10 至 11 世纪，坦多罗教鼎盛时期，曾经有 85 座庙宇，现存的只有 20 座。众庙宇外壁的上千尊形态逼真的欢爱石雕以其浩荡的艳情闻名世界。

　　性在印度一直备受推崇。吠陀教传统中，性是永无终结的。人们将对性的信奉和拒绝当作决定灵魂存亡的措施。因而，性与宗教紧密地交织在一起。无论是印度教还是佛教，都信仰投胎转世，性是这种人生轮回的重要部分，生殖与性欲就是人生最关键的连接点。印度教中虽有禁欲主义传统，但并不杜绝性爱，只是主张放弃对性爱、婚姻和家庭三种乐欲的追求，因为它们会影响人向幸福和极乐天堂的迈进。与此相左的另一种传统认为，性生活是人进入天堂的必经之路。坦多罗教就是这种传统的极致代表。

坦多罗 Tantra（秘咒）的词根 tan 的原意是生殖、繁衍，性是坦多罗体系的中心。坦多罗体系注重性能量和性信仰仪式，认为性是最大的创造性能源，通过性可以使人类灵魂和肉体中的创造性能源激扬起来，与宇宙灵魂的大能合流，达到一种最高的精神境界。坦多罗体系的基础是一个关于性能量作用的复杂生理系统，它认为，有一种能量沉睡在人体脊柱最底部的三角骨之中。通过性，这个潜藏而沉睡的能量，便会被唤醒而上升，直至穿越头顶（顶轮），使人得到觉醒与开悟，即所谓的自性真我的觉醒，使身、心、灵的状态得到升进。为此，坦多罗创立了其独有的宗教仪式——轮宝供养。坦多罗教徒的行为常常对于世俗过于冒犯，为世俗不容。坦多罗教也同样信仰仪式图、神秘符号和公式，其最著名的方法就是口吟"噢母吗呢帕德米哞母"，意思是"宝就在忘忧树中"。

寺庙群绕湖而建，西庙是其中保存最完整的寺庙，就在小镇边上。大片修整得很整齐的草地园林中，错落着数座布满雕塑的石塔。庙宇的外墙雕有上千尊情境生动、形态逼真的石像。雕像中，有的是一双男女，有的则群情飘然，更有许多另类情色场面，大胆出位让人咋舌，恍惚间，似乎是人类最开放的性爱归宿。早晨九点的阳光已炫目明亮，空气在

40℃的高温下蒸腾，我仰首瞻仰上千尊的欢爱雕像，头晕目眩。

都是叙述有章的性爱场景，极其耽于声色，结构复杂，意象奇崛。涉猎场男人与象、与马、与狮子的雕塑往往是上下50厘米见长的小雕塑，围着石塔的一圈。主体雕塑是情爱场景和女人梳妆的单体雕塑，掺夹着各类神的坐像。石塔均高至十米，每个雕身上的雕塑层叠有致，密密麻麻。女子梳妆的雕塑一般是凸面雕塑，散发着强烈的对女性的赞美。性爱场景分大中型，强烈推出的一般都是两米见高的大雕塑，在塔身的中央部分。像是一曲爱的赞唱。男女紧抱一团，心驰神往，动作归一，一眼望过去你已经能够感受到同赴七重天的快乐。一些表示前戏的雕塑在侧面居多，往往是男人抱女在怀，手抚在女人丰满的胸上，神情和谐。最大胆的一些画面是藏在叠层中的，都在上千个雕塑中隐藏。石像是10世纪的产物，栩栩如生，又经风雨侵蚀，带着很重的岁月感。面对这些充满了生命力、像生命的洪流般生机盎然的塑像，你感受到的真实是爱的沐浴。在如此炽热的阳光照射下，一个个健康沉迷的形象，一个个投入酣畅的姿态，成千上万连成一大片，向你诵唱。赞美女人，赞美生命，赞美爱情，赞美性观。一个巨大的生命的图腾。

异性按摩

　　不知是看塑像看的，还是太阳太强照的，总之，中午参观完庙宇，我头晕目眩。回到饭店，只想休息。看到有按摩服务，便向前台点了按摩，回到房间等待。

　　印度的按摩一点也不专业，根本没有中国和泰国的讲究，基本上是属于精油推拿。他们用很油很香的植物油从你的脚跟捋到脖子，手劲、力度总是你期待的一半。起来后觉得身上油腻腻的，没有舒展筋骨，倒是唤醒了不少痒处。我在印度的第一次按摩是在瑞诗凯诗。一个当地的年轻母亲，她叫吉塔，27 岁，有三个孩子，50 分钟按摩的费用是 250 卢比（40 元）。

　　后来在乌代浦尔，随着皮肤的水分被日复一日地蒸发，感到干燥刺痒。所以，每天回到饭店，我都在房间点按摩，保持皮肤滋润。由于是为高级酒店的客人服务，按摩师总是穿着漂亮的纱丽，态度专业，不疏不近。乌代浦尔一路跑下来，天气是越来越热，我现在真想好好润润我的皮肤。

苏里亚酒店很简单，很全面，应有尽有，互联网、传真、长途电话、洗衣服务，还有一个大花园。300卢比（48元）一夜。房间的空调是一个工业作坊式的。窗口外放着一个大铁箱，里面有一个小螺旋桨，箱里盛了五分之一的水，电门一合上，螺旋桨开始拼命转起来，你可以看见铁箱里的水帘，也有凉风被送出来。唯一的问题是你像守着一个小发电机，噪声响得连洗澡都不安心。

有人敲门，打开一看，是位典型的印度男人。他手里拿着一个精油瓶，用很蹩脚的英语自我介绍："Massage." 我实在有些惊奇，但又太累，也好奇，就穿好衣服请他进来。他很严肃的样子，望着我："Open please,massage." 看到他很专业、一本正经的样子，我也就开始历险了。我脱下外装，只穿着内衣，平躺在床上，他开始认真地精油推拿。我闭上眼睛。男人的手很大，有热度，似乎能够一使劲就把你全部扣在他的手掌里。男人用力在腿上揉搓着，一丝不苟，目不斜视。我心里一阵好笑。参观完庙宇，意外地获得了异性按摩，这是天意还是民俗？按摩完腿，我开始心里发毛，暗自想，要按上身怎么办？他请我转过身按背，谨慎地问我："Open it ok？" 我脱下胸衣，脸朝下躺在床上。他开始仔细捏背，手指在脊背上有节奏地点捏揉搓着。

空调仍像发电机一样轰轰响着，外面的阳光射进来晃得刺眼。我觉得一切奇特极了。男人一边按摩一边问："Good？" 我"嗯嗯"以是。心里告诫自己不要走得太远。不敢闭上眼睛，怕引起歧义，筋肉随着神经越来越紧张。

我还是在按摩有可能转为色情服务的前夜终止了自己的历险。我给了他50卢比小费。然后美美地睡了一个午觉。

光影秀

　　默瀚电话打到饭店。与默瀚交谈总能让我心情非常愉快。电话里听得出来，他非常高兴能去中国，能去看中国。默瀚用他惯有的轻轻的声音说着话，只是话里比平常透出更多的笑意。给他讲述这两天的经历，他总是笑着在电话那边感叹 My God……默瀚带来的愉悦是那种清清亮亮的。他用很好听的英文给我描述瑞诗凯诗下雨了，起云了，有风了，空气中带着凉意。挂线前，我说："好好享受你的清凉吧。" 默瀚笑着轻声说："我把这里的所有清凉寄给你。"He is so sweet! 他说我真的好想去中国，语气就像个孩子说我真的好想吃巧克力。

　　坐在旅店对面意大利餐馆的平台上晚餐，月亮就高高地挂在眼前的空中。从来没有见过这么亮的月光。

　　傍晚西庙中的"光影秀"是一天中最美的时刻，在墨黑一片的草地上，音乐环绕着整片绿地，座座庙宇成为巨大的黑色雕塑矗立在星空下。音乐声起，一个声音在讲述 4000 年前的故事。讲述中，随着情节，光影将处处丛林、庙宇渐次照亮。星空下的庙宇，男欢女爱全浸在黑色中，只有权力，权力间的邂逅从光影中流出来。王子与民女的溪边幽会，印王的大兴土木，战乱中的幸存，英国总督的偶然经过……渐渐，讲解声从我耳膜中越退越远。我看到昨天曾令我迷失和心痛的皓月从尖尖的塔身后闪出来，越升越高，主宰着整个时空。它还是那么皓亮、圆满，庙宇在它的光芒下随着讲述时隐时现，像欢爱的叹息此起彼伏。我看到了曾经的欢愉，我看到了曾经的热烈，我看到了曾经的厮守。就这样，在我一生中最美的月色下，在这个世界中最浓缩欢爱的庙宇丛中，我祭奠我的爱情。我让它褪去，褪到最里处，我的逝去年华。我让月光像把焊枪，把曾经的一切焊进记忆。我的思绪将变得清晰、透彻，像皓月下的星空。

德里来的情种比奇

天气热得让人无法入眠，月光像白炽灯那样亮。外边鼓乐喧鸣，我爬起来看究竟。旅店铁门已经关上。转身，一个白衣印度小伙子冒出来。

"你在干什么？"

"我想去外边看发生什么事。"

"没什么事，是婚礼。"

"我想出去。"

"我帮你开门。"

"快点！快点！"我催着。

他把铁门帮我提上去，"我陪你去好吗？"

"更好。"

婚礼就在街对面。新郎是一个一身灰色西服的小伙子，头戴彩色包头布，神情黯然地坐在一匹披红戴绿的淡黑马上，没有一点欢乐的神情。马旁边，一批小童肩扛着用米波罗架框起来的照明灯组成两条光带夹着人流往前走。光带中的人流很兴奋。几乎全是男宾，还有喇叭手，奏着欢快的音乐、跳着舞。白衣小伙走上来，他叫比奇。队伍走到用彩灯扎的长廊前，跳得更欢。比奇劝我打道回府，他说："一个女人在这种场合很危险的。"

回到旅店，月色正好，比奇与我在旅店花园散步。他从房间里拿出两杯威士忌，递给我一杯。我们闲聊着。比奇是个很好看的印度人，身材高大瘦削，五观很醒目，笑起来一口灿烂的白牙。他穿着一件浅色开身衬衣，下穿一条直筒长裤，很有现代人气质。比奇来自德里，他陪一行人游印度，刚从瓦拉纳西回来。

我们坐到花园中一把双人摇椅上。月亮把花园照得雪亮。比奇把他的威士忌送到我的嘴边，坚持喂我喝，嬉笑着不让步。面对漂亮的比奇，我也就调笑起来。

"你有多大？"比奇问，"如果你不在意的话。"

"我在意。"我与他调笑着。

后来，比奇说过很多次"如果你不在意的话。"我总是回答："我很在意！"一次把手放在我的肩头，一次要拥我更近些，一次要请我去他房间。我笑看着比奇越来越投入的调情，听着他全力以赴的赞美。我是否应该放任一下，流放我与"他"的情？比奇恳求我去他的房间，我说，花园很好。话音未落，比奇闪电般地脱掉所有衣服，说，就在花园好了。我瞠目结舌。月光下，比奇的胴体发着光。他有着和印度处处可见的佛祖一样的体形，修长，腰很高，没有很明显的胯的曲线，仿佛从腰间一下子就掉到直直的长腿上。两腿间物很具状态地挺拔着。

这个夜晚对比奇很残酷。拒绝使他有很大的挫败感。我回到房间，威士忌将睡意早已催起，很快就入睡了。

一夜与蚊子的战斗。终于五时，还是起来了，走到阳台，皓月已变得通黄，又亮又圆，垂在手边的天空。诵经的人从午夜到现在依然未停。领诵的是个公鸭嗓，跟诵的人都像是唱二部的，难听至极。

太热了，39℃的天。太阳从早上七点钟就进入正午状态了。无处躲无处藏。所有的旅店饭店都标有配有各种形式的空调，只是城市断电，断到不仅没有冷空气，全城连一个运行的冰箱都没有，找不到一瓶清凉的饮料。我不断地到冷水龙头下冲浴。到印度以后，可能只洗过几次热水澡，其他时间都是冷水浴。我也不明白，这么大的太阳怎么太阳能热水器就运作不好。实在没有气力和勇气顶着日头参观东庙，我下到前台，准备订好瓦拉纳西的旅店后，就钻进书店，认真挑有关克久拉霍和坦多罗（Tantra）的书，消磨时光。

刚站到前台，比奇从门外走进来。他精神地望着我，咧开嘴笑了。牙齿白白的。我注意到他全身都已换上干干净净的衬衫、长裤。

他走得很近，盯着我的眼睛说："你好吗？"

"很好，你呢？"

"一般，还行！"

我脸上做出友好的笑容，然后继续向前台要电话订房间。比奇守在身边不走，趁旁边没人时凑上来。

"和我喝一杯吧！"

我问："你不是今天走吗？"

他说："不着急，我不那么早走就是了。"

我笑而不答。订完房间，走出大门，比奇跟出来。

到了对面的咖啡馆，我们在楼上的平台上坐下。

比奇还没坐稳，就探身很近说："岩，我爱你。昨晚我睡不着，只想着你。"

我望着他，不接话。

他又说："告诉我你喜欢我是吧，你喜欢我。"

我仍不说话，含笑轻轻摇了一下头。

他的眼睛黑亮黑亮的，见我摇头又闪出他整齐的白牙，笑道："你这是在说喜欢我，对吗？"

"不对！"

比奇做出失望状："为什么？ OK！我要送你一本书，到我房间来好吗？"

我摇头拒绝。

他一副真诚的样子："我不会做任何事情的，时间也不够做任何事情。来吧！"

我说："我不会去你房间。"

"来吧，哪怕十分钟。"

"不了，我们就此告别，然后各上各的路吧。"

比奇开始磨起来，求我。看着这么英俊高大的男子汉，像孩子似的说啊说啊，眼神温柔得要化了你。再看他的手，他的肩，他的背，你知道他会用另一种状态征服你，真也是男人中的尤物了。

在这个阳光灿烂的平台上，在没有丝毫威胁的时空中，我快乐地享受着面前这个男人的诱惑。

终于，咖啡馆门口，比奇半怨半无奈地握紧我的手："小心点！"我笑着点头，心中没有一丝牵挂。

克久拉霍——落户的异国浪漫

　　西庙前是一个市场，有很多书店。我开始一家家逛起来。在众多介绍克久拉霍的书中，我挑中了两本装帧最精美的图书，一本是英国出版的画册，由印度最著名的摄影师的作品组成。一本是一位著名学者的作品，配以相应图片，很好地介绍了与克久拉霍一切独特雕塑有关的历史，从背景到其间各个庙堂，雕塑的象征意义均有述及。

　　前一本书报价 2000 卢比，后一本 1700 卢比。我瞄准这两本书后，开始涉猎。各个书店报价不一，1800 卢比、1500 卢比居多。最后，我找到一个书店报价为 1400 卢比，1050 卢比，店主是个知识分子模样的人，我很信任。又寻了一本关于坦多罗的书，两本《性论》(*Kama Sutra*)，一本瑜伽的书。我心满意足地捧着七本书回到饭店。

　　太阳还是那么毒，街上连牛啊狗啊都见不到了，更是没有一个行人。

我终于找到镇上唯一的一家国家银行，竟然能用信用卡换钱。我换了300欧元的卢比。带来的1000欧元现金已经在不知不觉中全部消失了。今晚，我要乘夜车前往瓦拉纳西。车站离小镇四小时的路程，在另一个城市。有了钱，我可以雇出租车了，不用在大下午顶着太阳赶熏人的长途车了。车主开价700卢比（80元），我兜里揣着刚取来的钱，很踏实。向旅店要求约司机四点出发，沿途可以参观东庙。一切安排好，结账，我来到对面的咖啡馆。

　　连续好几天了，几乎每天五六瓶可口可乐产品，饭是根本吃不下的。想到将坐一夜火车，赶一下午的路，我还是想努力吃点东西。对面的Merideranio是个意大利餐厅，我毫不犹豫地走进这家最近的餐厅。

　　餐厅里空无一人，看到我进来，两个侍者站起来，走向平台，帮我打开电扇，又将大的空调机启动起来。风很强地吹过来，掀落了热晕的苍蝇。我找个角落坐下，点完饮料后，开始研究菜谱。汗仍在酝酿着。我望着一串串的菜名，没有任何胃口。最后，点了一个蘑菇卷饼。饼来了，

Our Publications

NAME OF BOOKS	PRICE
1. Science of Being & Art of Living [Hard board cover with golden border]	Rs. 25-00
2. Commentary on Bhagvad Gita [Chapters 1 to 6]	Rs. 18-00
3. Press Clippings	Rs. 3-00
4. A world without Problems	Rs. 1-00
5. A plan to improve Society	Rt. 1-00
6. Talk by Maharishi in Canada	Rs. 0-50
7. Yoga Asanas [1st-six month course]	Rs. 2-00
8. Yoga Asanas [2nd-one year course]	Rs. 2-00
9. Adhyatmic Punarutthan [Hindi]	Rs. 1-00
10. Physiological effects of Transcendental Meditation —by Dr. R. K. Keith Wallace	Rs. 1-00
11. Scientific Research on T. M.	Rs. 1-00
12. Bhawateet Dhyan Shaili [Hindi]	Rs. 0-50
13. Neuro-Physiology of Enlightenment [wth 64 Scientific charts]	Rs. 4-00
14. Meditation	Rs. 7-00

胃口仍不来，只将里面的蘑菇挑着吃了，就推开盘子。哈亚是这里的跑堂，他坐在一旁，无声地等我吩咐。风扇嗡嗡转着，四周只有热气的呼吸。

我开始与哈亚聊天。他告诉我饭店的主人是一个意大利人，叫帕摩。12 年前来到克久拉霍，遇到一个荷兰姑娘玛丽，他们相爱结婚，从此就留在这里。九个月在印度，三个月回欧洲，他们有一子，八岁，在附近的学校读书。

很多外国人对克久拉霍情有独钟。西庙对面的餐厅店主是一位瑞士女人。年近七旬，红色头发，一米五的个子。她的两层小楼平台位置很好，可遥望庙塔。院中还有一棵五人抱的大树，树上开着粉白色花朵，枝叶一直伸到平台上的桌旁。瑞士女人是不出来招呼客人的。只是当你在楼下结账时，会有一个矮个儿的欧洲女人跑出来，往往穿着一件无腰身的软布大袍，乍一看，像是从卧房的老女红中直接奔出来的。她也会像所有印度人那样，在一叠 30cm×50cm 长形的纸片上，沿边写下你的单价及总额，再用一把尺子比着撕下这张小条。哈亚告诉我还有一个日本人，通常在这里生活数月后，到外边去赚钱，然后再回到这里。他就与一个印度家庭住在一起，只不过房间都分开了。这样的生活方式已持续几年。

我对克久拉霍印象更多的是庙塔和皓月，实际上对这里的生活、人群、环境、气场没有特别的感受。这里的外国人确实多，但过于整齐和有组织化，与瑞诗凯诗那边的人群完全不同。瑞诗凯诗是种寻根（嬉皮文化）或精神之旅，这里更多还是给人景点的印象。不过，三个星期的旅程，这里发生的热度事件最多，也不得不让我对它刮目相看。

哈亚没有见到昨晚的婚礼。据他说，印度婚礼上的新郎、新娘都是喜怒不能溢于言表的。心里高兴也必须面无表情。哈亚 19 岁那年结的婚，新娘 18 岁。女孩父亲先到哈亚家见到哈亚及家人，觉得满意，然后要照片回家，给家人和女儿看。后来来话，哈亚的父亲也赶了 100 公里的路去女孩家拜访。见到家人和女孩，再带着照片回来。于是，全家开始频繁讨论、研究，在父母、姐妹、兄弟一致通过后，一天，哈亚的妈妈将哈亚叫到一旁，拿出照片问他愿不愿意娶这位姑娘。如今，哈亚已经24岁，有两个女儿，一个四岁半，一个五岁半。他说，一天最快乐的时刻就是回家。我问哈亚幸福吗？他极其肯定地点头："结婚是个很幸福的时刻，现在想起来，还觉得真美好。"哈亚的样子告诉你，他真的很幸福。

他的神情透出一种由简单净化过来的真诚和感动。我被感染了。真的，简单的、透明的，才是最美的。尤其是情感上。想起昨晚与比奇的调情，心里很不快。这种事情会转为龌龊的事情，以后是不会再涉猎了。没有任何阳光效果，远不如我在这里与哈亚谈话，去感受，才是享受。

发现林伽

　　我的司机叫瓦弋提，很持重的瘦高男人。他陪我去参观了东庙。东庙与西庙一样，也有许多色情雕塑。瓦弋提认真地在雕塑前讲明，什么她正在搅面，所以他从后面与她做爱；她与男朋友幽会，被女友看见，她示意女友别说；她正在月经期，告诉男人不能做爱。瓦弋提讲得一本正经，我也煞有介事地做我的摄影记者及听众，在骄阳下，汗流浃背地瞻仰。到了一个小庙前，瓦弋提告诉我里边是湿婆的 penis（男根）。我不懂 penis 这个单词。到了庙里，庙中央供奉着一个 40 厘米粗的圆柱，柱上有很多细纹。瓦弋提继续讲解，我装作懂似的点头，估计反应实在

不像，瓦弋提问："你到底明白是什么了吗？""生命逝去时留下的？"（我以为与圆寂有关）瓦弋提急得直摸裤裆，就差展示了，我才突然明白从头至尾讲的是个巨大的性器。耳闻已久的印度林伽崇拜终于在这个安寂的原野中的小庙里具体了。

林伽是梵文 Linga 的音译，指男性生殖器。林伽崇拜即生殖器崇拜，是印度湿婆崇拜的中心部分。在印度教里，大梵天是创世之神，毗湿奴是保护神，而印度教中三神一体或三位一体的第三个神就是湿婆。湿婆神的林伽象征了初造天地时的力量。湿婆有五个特征：山中苦行者，激情舞神，鬼神，丰产之神，生殖之神。林伽是湿婆神创造力的主要表征。林伽的造像是一个圆柱，通常置于女性生殖器"约尼"之上。据印度史诗《摩诃婆罗多》所述，当大梵天与毗湿奴争论谁是创世者时，他们之间突然出现一个勃起的硕大林伽。两者想看究竟，毗湿奴化为野猪深入地下，大梵天化为大雁飞上天宇。于是他们不得不承认湿婆是诸神中至高无上者。还有一个更戏剧性的传说，湿婆曾以赤身裸体的舞者形象出现，众神妻女无一不被他的男性魅力蛊惑。众神不知舞者是湿婆，强烈请求他盖上林伽或干脆切除它。舞者切掉林伽，刹那间，宇宙失去了所有秩序。众神向梵天求救，梵天告诉他们，舞者是大神湿婆，只有在祭祀时供奉林伽，才能摆脱无知与无序。于是，众神重造林伽，诚心供奉。一切重归平安。

印度的林伽崇拜出现在公元前 200 年。人们在象征湿婆大神的石制"林伽"前献上鲜花和其他供品，并许下心中的愿望。已婚妇女虔诚地祈祷她们的丈夫健康长寿、事业成功，未婚的姑娘则祈求找到一位风度翩翩的如意郎君。

回想一下，印度之行一路上看到了多少林伽，又做过多少无意识的朝拜，已经很难统计了。想必表现过虔诚，所以，应该是爱情有望的。

瓦弋提带来的惊喜

参观完庙宇，我们开始驱车向车站方向行驶。中途穿过很多老村子，平整的田野尽头是一片丘陵，夕阳下金黄一片。很多妇女头顶罐物，走在夕阳下。金色的光把她们的纱丽照得五彩缤纷。

请瓦弋提放个音乐。我帮他从一堆磁带中随意抽出一盘。歌声清清透透响起来，是个女声，节奏抑扬顿挫，声音娇憨俏皮。

瓦弋提给我翻译，她说这是她第一次，她不知道怎样做。

我看着夕阳中的田野，音乐节奏越来越欢快。男声合进来。

瓦弋提继续翻译着，不用怕，跟着我做就好。

克久拉霍太奇特了。莫名无意中，你进入的全是情欲的世界，却又带着这么多的阳光与自然。

天空渐渐变得青蓝。在一个山洼的小棚前，瓦弋提停下车，建议在这里用茶、用餐。这是在一个田野小路旁的一个棚子。天色降下来。有车驶过时，一束白光扫过，车去后，原野又掉入一片静默，只有满天星斗和小棚中的绰绰灯影。棚里的人示意我们到棚后就座。原来后边是一个铲平的山坡，比棚顶高一些，坐在上面可以望到远方的田野和山丘，视野极其开阔。我和瓦弋提喝着奶茶，在星空下闲聊。棚里的人提着一盏灯上来，讲究地把它放在离我们五米远的地方，既有光线，又很含蓄。

我有时真的会为印度人天性中的一些细腻和讲究所惊奇。诸如这个山间小棚，竟然有这样的情调意识，还有司机瓦弋提恰恰地地停在这个静谧平和的小路旁，大有小资的情怀。

月亮还没爬上山坡，星星在眼前一颗颗多起来，天空晴朗得像玻璃一样透。周围静得让人感到在蕴藏着什么，只听得见棚里人的狗舔洗自己的声音。我们不停地说话。瓦弋提觉得很遗憾我是一个人来到克久拉霍。"与丈夫或男朋友一起来会更好，否则你只能回去给他看图片，让他照样子做。"瓦弋提很自觉地发表着他的议论。我把话题转开。

谈到离婚的风俗。瓦弋提告诉我，在印度，印度教人群离婚没什么特殊的。大致是由法庭根据双方的经济状况和双方意愿裁决。但在穆斯林人群中，离婚时孩子一般是判给父亲的。母亲如果没有工作，离异对方将拿出工资的 50% 赡养她，直到她嫁给另一个男人。离异后的双方如果有意复婚，女方必须先再嫁给一个新男人，然后离婚，再转嫁回来，直接复婚是不可能的。在普通印度家庭，尤其是教育程度普通的家庭，一个男人或女人，一辈子只有一个女人或男人是很正常的事情。瓦弋提21 岁那年娶了爱慕的 19 岁新娘，至今 18 年婚龄。

"你对妻子还有很多激情吗？"

"当然，我有很多爱，不过她不想再要孩子，所以我要小心。"

这个男人把激情和爱直接阐释成行为，让我想起昨晚比奇调情时说："我们印度男人是很火辣的。"

月光晚餐后，我们又上路了。一幅披星戴月的画面。月亮升起来了，但始终在后面，回头望时，它在后车窗中央，又圆、又黄。

我不明白为什么连续三天，克久拉霍都是盈月，我从未见过的最美丽的盈月。第一天的月光让我满怀伤感；第二天的月光"光影秀"让我进行了一场祭奠；第三天的月光，现在的月光，在这条静淡的小道上，只有车灯把眼前的景物一一拨开，一切都像是舞台布景中的田原剪影。我的思绪是空的，我的爱情是空的，像都市里的喧嚣。在一片爱的鼓噪声中，心是闭上的。如果爱情能够像瑞诗凯诗那片圆地，静淡中尽显喧哗！让眼神是平和的，心是歌唱的！

骚扰

　　火车很不令人惊奇地在晚点一个半小时后进站，已是午夜。我买的是头等车厢，带空调，上车后，车厢里已经有三人，一个上铺留给我，铺上都没有卧具，即使在很暗的灯光下，也能望到一层厚厚的灰尘铺在上面，好像谷仓后边很久没人问津的床板。我拿出纸心理安慰式地擦了一下，就蹿上去。空调是四个转头风扇，窗户全开着，我把包中刚刚买的书抱出来，垫在头下做枕头。一夜下来，知识枕头让我脖子酸痛。

　　火车因为晚点，每到一处都让车，所以，一路开过来，似乎骑着骆驼与它并行也不会落后多少。田野干燥无比，像西北平原景象。只是会很突然，三五只孔雀出现在铁轨旁徜徉。

　　天气越来越热。火车越开越慢。

　　车厢里已经就剩我和一个印度男人（我从未见到印度女人单独旅

行）。他的英语很差，我听不懂他在说什么，也懒得听。只见他一会儿睡上去，一会儿又翻下来，眼睛悄悄瞄着我。我装作不在意，望着窗外。最后，他竟然也明目张胆地凝视我了。见我目光与他相对，对我说："你躺下吧，休息一下，还远着呢。"我摇头回谢。扭捏了一会儿，他又说："你真是一个美丽的女人。"我不再回应。他继续酝酿着。忽然，他靠过来捏住我的腿，"按摩，10 卢比。"我打掉他的手，一脸愤懑。他不再多话。于是，一路上，他继续目光炯炯地盯着我，直到瓦拉纳西。

　　在印度旅行，对于一个女人来说，也许除卫生问题之外就是性骚扰的危险了。单身一人旅行下来，没有遇到不可控制的恐怖情况。印度的男人比较色。一方面，他们似乎都很家庭型，老婆孩子尽心照顾；另一方面又是一种很冒犯的眼神和态度。想起 20 世纪 80 年代外国人评论中国时谈道，街上弥散着性饥渴和性压抑。在印度，是他们对女人的兴趣的直接和强烈。而这种直接与强烈又带着一种无辜。两个星期走下来，发现对我这种外国"女游侠"问好的顺序是"从哪来？""结婚了吗？""几个孩子？"一口气问完，他们也踏实了，即使只是擦肩而过的司机。过盛的热情遭到拒绝，也会很自然地化解成一种友好，没有真正难堪的境况。只是在阿格拉碰到一个中年大胡子司机。常规问询后，他继续道："有时觉得好吗？""经常。""很好！我没结婚，我喜欢自由自在。"他吭吭哧哧地转身告诉我。接着又突然说："有时没感觉，我用手。"我没有明白。他一边继续蹬，一边用手比画。我顿悟，感到恶心，装作没懂，不再接茬。我在乌代浦尔所经历的只是很含蓄的、僵硬的浪漫，所以没有感到过受冒犯，但那次我可真的作呕了。于是，一路不再有话。

后来还有一次经历也是在火车上，但是温柔得多。我从瓦拉纳西坐夜车回德里。是头等厢。我的包厢里只有我和另一个印度中年男子。在与这个中年男子讨论包办女儿婚姻之后，这个三个孩子的父亲竟然在下车前告诉我："我爱上您了。"他请我与他一同下车，我拒绝。请我答应他第二天来德里看他，我拒绝。"我会给您写信。我知道您没有什么

感觉，但我是爱您的。"

我想印度是太没有女人旅行了。

哈尔是个电子高级工程师，在一家很大的印度企业工作，经常出国考察访问。他的大女儿今年 20 岁，他要在她 21 岁时把她嫁出去。他会去替女儿选夫，标准顺序如下，性格、教育、工资、家庭。长相不在之内，因为并不重要。种姓也不提及，因为不容置疑。我问："如果她有心上人呢？""那不重要。"印度学校至今男女分校很多，只是到了高中，才有合并的。我始终很难相信印度年轻人没有热烈的爱情故事，但哈尔斩钉截铁地说："那只是在电影里，足够了，结婚再恋爱也行。"在印度，还不存在女人挣钱比男人多的烦恼。因为印度的女人普遍不工作，平均有 5% 的女性工作，大城市是 20%–25%。哈尔认为女人不需要出去工作，有男人挣钱即可。哈尔还询问我旅途是否缺钱，他可以给我。

我很惊奇印度男人能够这么轻易表白爱情，能够这么迅速地进入角色。想起他们的包办婚姻，想起他们家庭极其亲密的关系，你真不知道印度的真实浪漫到底是什么。

瓦拉纳西的恒河和唐僧的极乐西天

瓦拉纳西比历史老，比传统老，比传说老，甚至比这些加起来的两倍还要老。

——马克·吐温

　　印度教徒的人生四大乐趣是：住瓦拉纳西、结交圣人、饮恒河水、敬湿婆神。瓦拉纳西（Varanasi）是湿婆的城市，位于神圣的恒河岸边，印度的圣地之一。围绕恒河生与死的演绎使这座城市充满了神秘气息。因为深信瓦拉纳西的恒河水能洗脱一生犯下的罪孽与病痛，来此的印度人都争着跳进河水，濒死的老人很多也迁移到此，希望在瓦拉纳西寿终正寝。因为，对于任何一个印度教徒来说，死在瓦拉纳西是最大的幸事。如果死在方圆 60 公里之内，瓦拉纳西的守护神湿婆将把死者从生死轮

回中解脱出来，使他的魂灵得以永远超升到梵天的天堂。所以，人们到瓦拉纳西来，不是为了求生，而是为了求死。

每天的早浴和晚课是瓦拉纳西最著名的景象。

凌晨四时爬起看恒河早浴的场面。传说瓦拉纳西是湿婆在 6000 年前建立的，人们相信湿婆常到恒河岸边巡视，因此在河边修建了大大小小 64 座带有多级石阶的码头，又称"伽特"（Ghat），连绵六七公里，供人沐浴礼拜。其中最著名的有五个码头：Adi Keshava，Dasaswamedh，Panchganga，Assi 和 Manikarnika。朝圣者必须按照一种叫 Panchatirthi Yatra 的仪式依次在这五个码头上洗澡。码头绝大多数归印度大君和藩王所有。

按照《孤独星球》的指引，我来到 Dasaswamedh 码头。

Dasaswamedh 码头还浸在黎明前的暮色中。有人群静静地沿着宽大的石阶向下走。每人手里拿着一盏油灯。齐腰深的河水中已有人全神贯注地进行祷告。深色的河水，烛火闪烁。一轮红日冲出地平线，人群面向太阳，捧起河水，高举双臂，感谢太阳为生命带来的奇迹。恒河水在虔诚的手臂上流淌，河岸一片粉红。

　　5时20分，太阳已经高高升起。恒河边上人更多了，男男女女、游客、船工，热闹得像是已近正午。成群的人浸在冰冷的河水里，口中念念有词。与黎明时的早浴相比，这时的早浴平凡了很多。结伴的女人在伽特上洗衣，中年男子在慢条斯理地刷牙，一位慈祥的老人脸上画着白色的吉祥图案，对我微笑。很多全家出动的。男人保持着短裤，女人任纱丽湿裹在身上，只有很小的孩子脱得精光。刷牙的人捧起一捧水，放到嘴里，手指进去搓动着。洗发水是岸边小铺随处可见的小塑料袋，撕开放到头发上，塑料袋就又随水漂远了。沿河数个码头，每个码头上都熙熙攘攘。上游的码头是火化仪式，有骨灰撒下恒河，下边的人接着上面的水。一片半裸的人海，本来应该是很神圣或性感的事，在女人无畏的神

情和男人的熟视无睹下，一切停留在热闹。

印度之行几近终点，至今，我还没有参观过一座佛教寺院。所经之处，比比皆是印度教庙宇。观完早浴，我叫车去鹿野苑（SARNATH），一个距瓦拉纳西十公里的佛教圣地，传说释迦牟尼佛就是在鹿野苑的竹林精舍初次对弟子说法。当时在佛陀旁听法的五位比丘和尚，是世界上最早的佛教僧侣和僧团。《西游记》中唐僧玄奘历经九九八十一难，取得真经的极乐西天就是这里。玄奘不仅在中国是童叟皆知，在印度也是家喻户晓。在印度，玄奘拜访各地的名寺高僧。他不仅精通梵文，更重要的是领悟了至高的佛理。他曾到著名的佛学中心那烂陀寺学经五年，屡次参与辩论大会，成为辩雄，声誉日隆，升任那烂陀寺副主讲。曾被当地君王盛邀主讲大乘教义，与会的有印度18国国王、3000多名佛教徒、2000多名婆罗门教徒以及那烂陀寺的上千名僧众。

我猜想，作为佛教发源地，在一个宗教盛行的国家，佛教仍是会具规模的。

驶进鹿野苑的时候，我并不知道自己到达了。眼前是一片很整齐的小镇，没有香烟缭绕，没有钟磬交鸣，没有佛像神殿。小镇上的人比瓦拉纳西少很多，一眼望过去，几乎没有什么游客或香客。想象此时此刻，佛教的信徒们不知在多少国家的寺庙里隆重礼拜，而作为发源地，这里却没有一尊佛像、一个香炉、一个蒲团！如此冷寂。按着《孤独星球》的介绍，一一走过几个"著名"庙宇。木尔干达·库提寺院（Mulgandha Kuti Vihar）是一座新建的寺院，是模仿菩提迦耶的摩诃菩提佛寺建造的，里面供奉佛陀初转法轮的金色佛像。寺内墙壁上，有描述佛陀生平故事的彩色绘画，是日本画家野生司香雪的作品。在寺院内，还可买到有关鹿野苑和佛教的书籍。庙宇的规模与广东省某个乡致富后兴修的庙宇差不多，但香火实在不盛，没有见到一个进香的人。著名的阿育王石柱是印度孔雀王朝的阿育王在此建立佛塔和佛寺时竖立的，以纪念佛陀初转法轮之地。阿育王石柱四面都刻饰有狮子雕像，目前印度纸钞上就是以这个古印度徽章作为标志。鹿野苑的东侧是达麦克塔（Dhamekh Stupa），建于 5 世纪。塔身呈圆锥形，上半部黑褐色，下半部灰白色。上面刻画了许多古老精致的图案。据说佛教衰微后，鹿野苑与这座塔的下半部消匿无踪，只有塔的上半部留在地上，沾满污尘。18 世纪，一位英国的佛教考古学家带着猜测开挖，结果不仅挖出了塔，也挖出了鹿野苑。佛教圣地的面世也只是在 20 世纪。来到佛祖的讲经坛，只见树丛，不见鹿群，听讲石墩铺得很远，没有佛音回荡，只有孩童在石墩间攀爬。我虽对佛教在印度的衰退有精神准备，但实在没有料到面对的是如此微弱的景象。向着古塔深深作揖后，我返回瓦拉纳西。

瓦拉纳西的金庙却是另一番景象。通往金庙的小巷一片香雾，人群接踵而行，小巷两边是绵绵不断的香店和金盏花摊。挤了很久，来到一个古老的窄门，无数的印度人手捧禅香进进出出。金庙建于 18 世纪，以 800 公斤金制的圆顶闻名，是印度教最著名祭祀湿婆的庙宇。庙内庭院供奉着一个巨大的林伽，一块巨大的花岗石前圆圆的石头，这是瓦拉纳西印度教最珍贵的文物。长老的前辈保护过这块石头，使它未被狂徒们掠走，因而有权世袭保存这块石头。这块被称作"林伽"的石像，象征湿婆神的活力，是力量和自然再生能力的标志。在瓦拉纳西所有的寺院，街上的神龛内，河岸的石阶上均耸有"林伽"石像。当太阳升起的时候，数千名印度教徒向他们古老民族的化身表达感激之情，珍爱地在"林伽"石光滑的表面上涂抹檀香粉、牛奶、恒河水、熔化的黄油，为它编织茉莉和印度石竹花环，敬献玫瑰花瓣和比尔瓦树苦涩的叶子。

Dasaswamedh 码头以每天的晚课仪式著称。下午五点我又回到那里时，人已聚集了很多。

　　一个平台上，一位长者，像是瑞诗凯诗镇斯瓦弥角色的人，坐在大的竹编凉伞下，与另一位男人交谈。后者用歌向他讲述什么，引得周围倾听的人一时关注，一时释怀大笑。歌声很好听，讲者表情也轻松丰富。唱完几段"曲子"，拱手向长者致敬离去。周边围拢的小贩极多，手拿着各式商品。一个十岁左右的男孩向我兜售他的明信片，每张印得都是重影，自己不停地喊着价，我还没答话，他已从100卢比喊到25卢比。

　　租了一条小船，我沿河观看岸边风景。洗浴的人群在河里欢腾如鱼。沿岸的建筑都很古老，隔几米就会看到一个码头。船经过一个很古老的建筑，面朝河的四层老楼，所有的窗户都朝向河水。船工说这是以前为寡妇修建的。没有丈夫的寡妇都住在这里，受到集中照顾。一级石阶沿坡而上，高处有栋很可爱的小建筑，面河的墙上写着很大的字，矢美子

之屋（Kitaro House）。这是一个日本女人爱上印度男孩嫁到瓦拉纳西，开了这个饭店，据说女人现在很老了。又远处，近河的河滩上篝火丛丛，是在烧尸。到了 Manikarnika 码头，又有一具用布包裹的尸体被放在竹制担架上沿小巷抬到河边。尸体被放下，抬的人将尸体浸在恒河中。大堆的薪柴已堆在码头的顶端，每块大木头都被仔细称过，据说这样可以估算火葬的价格。

我花 20 卢比买了 6 个小花灯，一个用香蕉叶编的小圆盘，用黄色、粉色的鲜花铺底，上面托着一个小蜡烛。船慢慢地滑行，我一一将花灯放在水面上，许着愿。记得去年 11 月在泰国放花灯时，我一一点着家人的名字，祝福他们安康，我许愿，希望上天保佑我和"他"的爱情。但是今天，我所有的祈愿不再有细项，只是单纯的，愿我爱的、我关心的人平安、健康、快乐，愿我的工作，一切顺利。

晚课开始了。Dasaswamedh 码头上已整齐地坐满了朝圣的人。我将船停在岸边，从水上仰观晚课盛景。天色已暗，码头上灯火通明。四个年轻的僧侣面向恒河整齐地一字排开，每人头上方是一顶灯伞，直直地伸向天空，有五米之高。他们上着紧身短衫，下着印度裙裤，白色的布被规则地围在腰间，松松地在腿边形成好看的褶皱，红色布边形成自然的形状垂在一边，一条红白相间的缎带从左肩斜挎到右边。空中响起领经者的吟唱，朝圣者和声随唱，如瑞诗凯诗太阳雨的歌声。夜幕中，恒河边，光晕下，四个年轻僧侣随乐不断地变换队形，依次行礼致敬，将供物撒向恒河。最后，他们放下手中器皿，拿起一竿白色的棕尾，挥舞起来，锣声响起，柔软的白色长棕在空中融成缓缓的流动的光环。随着越来越高昂的歌声，随着越来越圆满的白色长棕，神圣弥散在整个恒河上空，让你屏息。在这个更像祭奠的晚课上，仿佛穿越时光隧道，既进入了过去，又停留在了现在。

结婚季节

　　晚课回来，我在瓦拉纳西最大的集市上闲逛。集市就在恒河边上。这是一条步行街，有三公里长。沿途都是商店。瓦拉纳西以丝绸和纱丽著称。作为印度的最后一站，我不再担心行囊，开始放肆地采购了。印度的丝绸实际上远远不如中国的丝绸，无论从质量上还是彩印上。印度的纱非常漂亮。纱丽大部分是用纱做的。集市上布店很多，我一个个津津有味地逛。每个布店里都有很多人，全是一色的男售货员和一色的女顾客。印度即使是在德里这样的大城市，也只有20%的女性出来工作，像瓦拉纳西这样的古老城市，是看不见打工妹的。纱丽很便宜，300卢比（48元）能买近十米的纱。纱的图案是按照纱丽设计的，全是一个整体图案。色彩和图案有渐隐渐现的变化。我一气买了七八块布料。

回饭店的路上遇到三场婚礼。今天似乎是结婚的好日子。印度人结婚和中国人一样很讲究黄道吉日，有专门的占星学家做高参。2003年11月27日，印度的占星学家宣布这一天是印度12年里最适合结婚的一天。于是，12000多对情侣的婚礼使这一天的印度鼓乐喧鸣。金饰的销售额达到了最高点，婚礼牧师、婚礼乐队价格翻番，礼服和珠宝行业销售额增长了25%。12000多位准新娘使美容业的利润增加了45%。

　　印度人的婚礼是社会地位的象征，也是一生中最重大的仪式。婚礼仪式相当烦琐，结婚之前，双方家长会透过媒人角色的人讨论嫁妆事宜。女方必须答应男女提出的嫁妆数量后双方才选定黄道吉日，筹备婚礼。印度自古流行嫁妆习俗，姑娘出嫁时必须陪送丰厚的嫁妆。我的一位中国男友人取了一位印度姑娘，带来的嫁妆是他这辈子都没有指望过的，被他称为"天上掉下来的馅饼"。他心怀感激地用它拍了梦寐以求的处女作。但在印度，男人是不会有这种感恩情怀的。得嫁妆，天经地义！即使在今天的印度，嫁妆习俗不但没有消失，反而变本加厉，要价越来越高，成了十分严重的社会问题。一个印度朋友告诉我，他的妹妹，一

个非常美丽的女孩子，还是一个有经济学硕士文凭的白领，结婚不足一年就自尽了。因为，除嫁妆之外，夫家还经常提出物质要求，女孩子不愿意让父母再受累，就不去响应，于是，全夫家与她为敌，丈夫还经常动粗，她终于忍无可忍，从一种永远走到另一种永远。当然，恶性事件只是少数，但印度夫家讨要嫁妆是没有顾虑的。婚姻中经常因为嫁妆问题发生争执，而女方一般都会迫于社会上的压力而保持沉默，息事宁人，但也有侠骨青衣。2003 年，21 岁的印度女大学生妮莎一夜之间成了许多印度女青年心目中的英雄。她挑战旧习俗，将勒索嫁妆的男方告上法庭。

妮莎家住首都新德里郊区，与中学教师穆尼希通过报纸征婚广告结识，后来定在当年 5 月 11 日结婚。为了宝贝女儿的婚事，妮莎的父亲对男方的嫁妆要求基本上是有求必应，不仅在嫁妆里添了一辆崭新的印日合资生产的"玛鲁迪"牌中型轿车，甚至还答应给穆尼希已婚的哥哥买一套家用电器。为筹备婚事，他先后花掉了 180 万卢比（约 30 多万人民币），这在生活水平普遍不高的印度已经算是相当可观了。然而，在婚礼举行前夕，男方同妮莎父亲为嫁妆的事发生了激烈争吵。贪婪的男方要求再加上 120 万卢比现金（20 多万元人民币），男方母亲甚至在遭到拒绝后给了妮莎父亲一记耳光。妮莎十分愤怒，当即决定同穆尼希解除婚约，并向警方报了案，将男方告上法庭。11 日凌晨，也就是在原定举行婚礼的日子，警方根据印度《反嫁妆法》逮捕了穆尼希，并通缉畏罪潜逃的穆尼希的母亲和姑姑。妮莎挑战旧的婚姻习俗经媒体报道后在印度引起了强烈反响。妮莎家中也门庭若市，印度著名影星、国会议员和一些妇女界知名人士专程来到她家中，支持她的勇敢行为。一些女青年也纷纷表示要以妮莎为榜样，坚决反对男方勒索嫁妆。妮莎还收到了许多求婚的电话和信件。

化妆是婚礼的重头戏。传统婚礼讲究 16 道妆容。现代已有简化，但仍然极尽全面。婚礼前一天，新娘开始抹油、沐浴、更衣、梳头、画眼线、抹唇砂，并且在脚上涂以红色，额头涂上红砂，下巴点黑痣，接着用植物染料在手脚上描画汗那图案。汗那是指甲花对上尤加利树油和柠檬水的糊状染料，有专门的画家在新娘的手足作画，图案经常是融合以印度传统的涡纹风格加上当下流行的波斯风格的图案和花边，汗那代表坚固的爱情，也表示将嫁为人妇。婚纱是大红镶金的纱丽，黄金鼻环，黄金发钗，黄金项圈，黄金戒指，黄金脚环，成串的黄金精雕饰品让新娘金光闪闪，美艳璀璨。婚礼当天，新郎、白马浩浩荡荡地来到新娘家。女方家里架起火坛，双方亲友在祭司念诵的吉祥真言中，绕行火坛祷告。祭司将新娘的纱丽和新郎的围巾系在一起，代表婚姻长长久久。印度婚礼的晚宴是在新娘家里进行。婚礼当天晚上新郎是在新娘家过夜，翌日

才将新娘迎娶回家。所以，我赶上的都是赴宴的新郎车队。

今晚的婚礼队伍质量差异很大。最壮观的一队是彩灯引路，包裹着流行乐队和欢快的舞者。新郎的马队紧跟后边，是一驾三匹彩马的花车。新郎身着金色盛装，雪白线条、金色镶边的头巾，别上黄金和珍珠饰针，金色高领印度式长衫，金色绑腿，金色腰带，胸前挂着大大小小、雕刻精致的金饰，坐骑也披上红、金相间的彩饰布幔。几个浓妆的花童陪在车里。除此之外，还有四匹花马收尾，上面各坐着几名十岁左右的男女花童，各个花枝招展。下一列婚队则朴实一些。由发电机引路，让后边手举的彩灯亮出如发廊标志的旋转的图案，新郎坐在一个旧的吉普车里。彩灯设计得很好看，一圈圈红色白色光柱循环地亮着。第三队婚车最惨，没车没马。一个平板车上，高音喇叭放着音乐，人群挤在车后拍手舞蹈，没有花灯。

由于成家立业在印度教中是修行的必经之路，婚姻在印度人的一生中就十分重要。印度男人结婚年龄为27~29岁，女孩子为21~23岁。虽然年轻人仍有情窦初开的爱情故事，但是大多数人还是以包办婚姻告终。由于结婚男女年龄上的差异，一般男孩子还没长大，女孩子就该嫁了。棒打鸳鸯也没有引发很多悲情故事。因为包办婚姻如此天经地义，年轻人是不去怪罪的。我曾与一个印度小伙子聊天，他曾有过很热烈的爱情故事，但是他仍肯定会服从包办婚姻。理由是，包办婚姻都比较稳定。我满腹狐疑地问："那你会要求婚姻中的爱吗？""当然，没有爱怎么维持婚姻。""但你不担心不爱她吗？""怎么会，一男一女，何况我们又年轻。"就这么简单。真能这么简单？还是我们把爱搞复杂了？现代做派也存在。只是在德里这样的大城市才有。现代做派带来的不只是热烈的爱情，还有与现代文明并进的30%的离婚率，时时被印度父母当作反面教材诲儿女就范。印度也有婆媳关系，而且大多数都是要精心伺候的。印度仍然是大家庭生活方式。子女同父母住同一个城市时，是很难另起炉灶的，与父母分居在外人眼里很招非议。女人一般还是嫁到夫家。母亲会对儿子催婚说：快娶老婆吧，我做不动这些家务事了。印度结婚是论资排辈的，一个家族中，长子必须先娶，否则他的亲姊妹，表姊妹都不得越俎。所以，现代一点的长子常落入困境。因为寻找爱情和理想婚姻绝对不是他一个人的事了。他正在耽误的是十个以上亲表姐妹的幸福。

不过，还得承认，印度女人在某种程度上还是蛮幸运的，白头偕老仍是印度人的婚姻逻辑，所以，她们安然地操持家务，安然地生子，安然地发胖，岁月和形体的改变并不会造成家庭的威胁。

德里重逢

正午两时，情绪和天气一样烦闷。

列车终于在比预计时间晚 50 分钟后缓缓开进站台。我绝望地拖着越来越重的行李在太阳下一节一节地找过去。奇迹般，我看到我的车厢是真正的空调密封车厢。不能想象我当时是多么轻松。18 个小时的路程啊！印度之行的最后一个旅程，我终于体验到了久违的空调。空气冷清清地穿过衣服，第一次感到冷。

凌晨五时，火车到达德里，搬运工进来。我的箱子又沉又重，所以睡眼惺忪地请他服务，连价格都没问。下了车厢，有出租司机追上来，一批，接着又一批，像赶夜里的蚊子。我径直朝前走，终于走出车站。又到了砍价的时候，所有人都漫天要价，包括搬运工。可凌晨实在不能让一天开始得太辛苦，我把价格各砍下 60% 后，就上路了。

饭店里静悄悄的，守夜人还在睡觉。叫醒前台，他说九点以后才能入住，把网吧给我打开后，接着回房间了。

临近德里时，印度之行像跑带的电影断断续续地在脑里晃动。我与默瀚约定的是 5 月 6 日来中国。突然想起临近"五一"，默瀚的签证申请必须这个星期递上去，也就是说在后天，何不请他今天过来，我在这里给他办好了，踏实方便。后悔早没有想到这点，熬到六点，拨通默瀚的号码。电话铃响了很久，那边终于响起一声几乎听不到的"Hello"，默瀚还在睡觉。默瀚说他马上过来，路程要近七个小时。

闲来无事，上新浪网。印度之行以来第一次上中国网页。新浪网上，我惊讶地发现，SARS 垄断了所有重要版面，北京已经成为 SARS 重灾区，草木皆兵，张国荣已坠楼玉殒，悲怨殉情。真是天上一日，人间十年的感觉。似乎过去的三个星期是如此超世，以至现在要自省自己的天真了。

下午，约来瑞姹，介绍她与默瀚认识，好料理一下所有签证事宜。我们闲聊着。北京一面后，我们第一次见面，但好像已是老朋友。默瀚终于到了，风尘仆仆，穿着在瑞诗凯诗见过的白上衣和红裤子。见到他真的很高兴。他的眼睛还是那么亮亮的，透着笑意，轻轻的话从唇边流出来。

终于将默瀚的事情托付好，瑞姹急忙上路了。

我的房间多了一个坐在床边的默瀚和椅子上的一个旅行包。

"你今晚也可以住在这个饭店吗？"我问。

"好啊！"

试探着，"你和我分一个房间吗？"

"是啊。"

好像一切本该如此。我的心慢慢欢快起来。

与默瀚出去用餐。夜色中的德里因为默瀚在身边也不显得那么令人生厌了。挤在摩托出租车里，我和默瀚不禁对笑，都觉得两人现在一起在德里很不真实。

告别印度

　　印度之行的最后一个晚上，在德里的这个炎热的夜里，呼吸轻轻、均匀的默瀚在旁边。关灯后的房子很黑，只有从没有关严的窗帘缝中钻进很强的月光，照亮两个床头。默瀚面朝我这边趴着，左手抱着枕头，脸隐在黑影中看不清楚，只有坚实的小臂被月亮照亮一层。

　　我从来没有与不是男朋友的男人睡在一个房间。我本身是很忌讳陌生的气场进入我的睡眠空间、我的卧具和我的房间的。但是，躺在这个空间里，我觉得安逸且心情微荡。偶然创造了多少意外！想到瑞诗凯诗辞别时合掌对视的情景，现在的同室共眠是那么的不可思议。

　　临睡前，我们各自靠在各自的床头上聊天。默瀚手里捧着一本瑜伽的书，试图给我解释上面图腾 OM 的意义。讲了几遍，用各种方式，我仍然是大惑不解的样子。默瀚无奈地笑着放弃。我说："我没有听你说话，我在看你。"曾经担心再见到默瀚会感到陌生，或会后悔请他来中国，但是，下午默瀚出现在饭店时，仍是把一片愉悦洒进来。我看着他的眼睛，他的笑容，他的嘴唇，他矜持的表情，他深色发红的皮肤，从心底升起一种温情。他像一只不露声色的鹿，立在那边，以他的方式沉默，以他的方式行动。

其实，默瀚是一个深藏不露的人。我知道我看到的只是他的表面，他的背后、他的心里肯定有他藏得很深的东西。他与我在一起时面对周围的那种沉着和从容，相信不只是岁月和性格的痕迹。但我什么也不想问，不想知道他的任何现状。我只想有眼前看到的这个默瀚，以眼前的状态与我在一起。他身上散发出来的纯净和性感让我欢欣。

凌晨，我轻轻起来，洗浴后回到房间。默瀚把头顶的小灯打开。"Good morning." 他趴在床上，扭头看着我。我们互相微笑着。我很久没有从心底生出欢愉了，我知道，默瀚给我带来的这种倾心的欢愉是最稀有的礼物了。默瀚对此浑然不知。

默瀚送我下楼，车已经等在外边，天还是黑的，才凌晨 4 时 50 分。我和默瀚的话都很少，只是静静地拿行李装上了车。我要上车了，合手对默瀚说："北京见。"默瀚眼睛深深地望着我，右手放在胸前致敬。"好好照顾自己。"我转身上车。默瀚走到稍远处，停下来望着我，带着那种定定的神情，我们就这样互望着。他始终没动，始终那样望着我。车慢慢开走。门卫在与默瀚说着什么。默瀚还是那样不动声色地与他们应酬，身子微微倾靠在门框上。这个男人身上散发着一种醉意。

就这样，带着无尽的心情，我坐上了飞往北京的班机。

机舱里，比来时还少两人，总共九名乘客。空姐们在发口罩，白色的纱罩在脸上，散发着淡淡的药水味。关于 SARS 的询问给本来就封闭的空间更增加了压抑。

转过脸，舱窗外仍然是三个星期以来一贯的蓝天、白云，只是更加触手可及。我将脸紧紧地贴在窄窄的舱窗上，让眼睛的余光被完全限制在这 50 平方厘米之内的范围。我要仍然留在印度的云彩里，印度的阳光中。穿过层层云海，我追忆着，似乎是追忆生命中的一段刻骨铭心，享受眼的潮湿，心的驿动。还没有飞出印度的领空，我已经开始怀念。

　　印度是否与我结下了不解之缘。

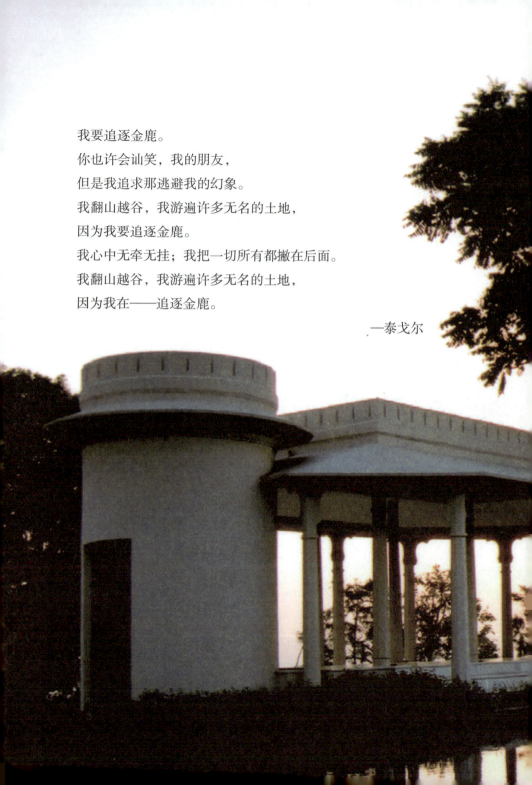

我要追逐金鹿。

你也许会讪笑，我的朋友，

但是我追求那逃避我的幻象。

我翻山越谷，我游遍许多无名的土地，

因为我要追逐金鹿。

我心中无牵无挂；我把一切所有都撇在后面。

我翻山越谷，我游遍许多无名的土地，

因为我在——追逐金鹿。

　　　　　　　　　　　　　　　　　—泰戈尔

旅行实用提示

1 .《孤独星球》(*Lonely Planet*)

目前市场上介绍印度最好的旅行书。整个旅程从交通到住宿，主要景点，注意事项一一俱全，且每年更新。此书在印度各大城市的旅游书店都可找到。有时也可从结束旅程的游客那里买二手的，价格近 1000 卢比（160 元）。

我的全程自助旅行除瑞诗凯诗之外，全以它的介绍安排自己的行宿。

如果暂时找不到这本书，可先登录 www.lonelyplanet.com, 也可找到很多信息。

2 . 现金

印度换钱很方便。从机场到各景点都可以找到 Money Change。汇率基本上与国家当日行价一致。所以美元、欧元很方便。港币在印度不流通，信用卡只在个别地方的国家银行可以兑现，很少看到提款机。由于印度各种宗教节日很多，节日期间银行不营业。所以，依靠信用卡会很被动。结账时有些地方可以刷卡，但还是谨慎为妙。

3. 小费

10 卢比小费是必需的，也是很正常的。

4. 医药 / 就诊

建议根据自己的常见疾病准备医药箱（如肠胃药、感冒和发烧药等），但有些当地的水土病，必须要用当地的药物才有作用。这个时候需要去医院。

5. 药品

肠胃卫生药品、防蚊虫叮咬的药必须带。电蚊香没有用处，因为印度各地经常断电。

6. 美容

由于天气及环境条件，在印度一天至少洗两次澡。饭店一般不提供洗浴产品，最好自带香波、浴液等。由于太阳太大，还最好带焗油香波，可同时保护头发。随行李带上一袋密封的补水面膜也会在旅途中很好地保护皮肤。防晒霜是必备的，还有爽肤水。

7. 杯子

随身携带个人杯子会很方便。印度有许多美味果汁，如甘蔗汁、芒果汁，但他们的杯子是不能用的。有些地方也能买到一次性杯子。

8. 行装

人字拖鞋方便，又普通，不会影响形象，坐车、参观庙宇时也方便。不需带过多旅途行装。印度各地可买的白色套装等150~250卢比一套（20~40元人民币）。既方便旅行又可随手处理。但建议女士多带一次性内裤，多带湿纸巾，可随时清洗脸手并解暑。着装要薄但不要露。一是防止太阳直接晒到肌肤；二是印度妇女是不露胸、背和大腿的，要入乡随俗。

9. 电话

可以在当地购买电话卡。

10. 图书

有关景点最出色的书籍在景点的书店可以找到，部分是英国或欧洲出版物，印刷精美，很值得带回中国。

11. 摩托出租司机

他们会想方设法漫天要价，或编造你预计去的饭店关闭了，预搭的班车没有了的谎话，千万不要相信。另外，每到一处，或在站台上，或订房间时询问好到达目的地的价格。

12. 饮食

不喝生水是最基本的。保险起见，只饮美国饮料。可口可乐与百事两大公司在印度打擂台，饮料随处可以找到。用餐尽量是保险的面食和热菜。

13. 安全

安全意识时刻要有。人身安全的最好保证是，食住行上，选择永远与人群在一起。即使私人交往，如做客，也要找机会告诉对方你的行踪，如饭店或接待单位等。印度有不法分子下药给游客，不要在火车上接受非列车服务的饮食，不要在景点随意就餐。

后记

去年的今天，我正在克久拉霍，在 39℃ 不容置疑的高温下，仰首瞻仰上千尊的欢爱景象，感受巨大的生命图腾。

印度之行已经过去了整整一年。

在过去的 365 天里，印度像一个温暖的音符陪伴着我。清晨的瑜伽，夜晚的印度天音，占满两大排的书架上的"印度三部曲"等关于印度的书籍，衣橱里艳丽的纱丽和印满神符的上衣丝巾……

默瀚如约在"非典"后期来到北京。五月的古都天高云淡，街寂人稀。悠闲的避难日子让我和我的朋友们随着仍然一袭白衣的默瀚在花园里领略瑜伽。临行之日，默瀚的瑜伽已让大家难以割舍。于是，八月的一天，默瀚又回到北京，不再是匆匆过客。在北京著名的皇家园林——日坛公园里，500 年的古刹钟楼迎接默瀚。由我和默瀚共同创建的"悠季瑜伽中心"就坐落在这里。凉风，闲云，郁树，古刹，默瀚的吟唱缭绕回荡。"悠季瑜伽"如都市中的一方脱世净土，令人们纷纷而至，惊喜着自己的日渐美丽，享受着浮生半日闲。

我一如既往地继续着自己的事业，平静地应对未料的艰辛和变故，心境平和，清晰，愉悦。身边有美丽贴心的女儿笛笛的陪伴，家里多了一条苏格兰牧羊犬，腹中又有另一个小生命在快乐地踹动。

我享受着上天给我的恩惠。

印度之行的点点滴滴在中国青年出版社的鼓励和提携下，成为我今生的第一部书。我衷心地感激催生了这个作品，令我的印度之行回环圆满。

2004 年 4 月 17 日
北京家中